Diffuseur : CED (Centrale Edition Diffusion)
73, quai Auguste-Deshaies – 94854 Ivry-sur-Seine
Tél : 01 46 58 38 40 – www.diffusion-ced-cedif-com

Distributeur : DAUDIN Distribution
1, rue Guynemer – CS 30504
78771 Magny-les-Hameaux Cedex
Tél : 02 54 55 50 50 – www.daudin.fr

Du même auteur

Les Escamoteurs, Éditions du Riffle 2007

Chroniques Posthumes, Éditions du Riffle 2010

L'Ellipse, Éditions Atria 2011

Chroniques Posthumes 2, Éditions du Riffle 2011

Chat quantique et Picon bière, Éditions du Riffle 2012

Le Syndrome U.G.A., Éditions Atria 2012

www.gilles-warembourg.com

Gilles Warembourg

Monsieur Georges

atria

Photo de couverture
Claire Warembourg
www.clairewarembourg.com

Réalisation des maquettes
Matthieu Vanheule, infographiste
matthieu.vanheule@live.fr

4120, route de Tournai – 59500 Douai
Dépôt légal : janvier 2013
ISBN : 978-2-918078-34-0

À Claire,

Remerciements à :
Kim Fox,
Marie-Christine Grave,
Flore Negroni

Préface de Claude Mesplède

Si la folie se reconnaît à l'incapacité de vivre avec les autres,
alors je suis devenu fou.

Georges Courcelles, après trois années d'internement dans le camp d'Auschwitz-Birkenau, retrouve le village de Neu-Cappel où il était instituteur avant sa déportation.

L'humaniste militant, détruit par ce qu'il a connu durant sa captivité, a bien de la peine à supporter les mesquineries des gens du village, leurs rivalités de pouvoir et leurs jalousies.

Tout au long de ce remarquable récit, Gilles Warembourg, par l'intermédiaire de son protagoniste, s'interroge en permanence sur le Mal. Est-il inscrit dans le cœur des hommes ? Et l'enquête criminelle se double d'une quête philosophique qui interpelle et pose question.

Claude Mesplède,
Critique littéraire,
Historien de littérature policière,
Directeur de collection,
Écrivain

Préface d'Alexander Ross

C'est donc cela, la paix ?
Rien que la haine qui chuchote ?

Un regard ravageur sur les effets de la violence institutionnelle sur la psyché humaine. Dans son roman puissant, Gilles Warembourg explore le concept que vous ne pouvez envoyer un homme à la guerre sans conséquences de longue durée sur sa vie. Une leçon que les classes politiques feraient bien d'apprendre.

Dans un style qui rappelle Beckett et Camus, Gilles Warembourg a écrit un roman puissant et émouvant : une lecture incontournable, en ces temps opportuns, pour tous ceux qui cherchent à s'engager avec le présent plutôt que de l'éviter.

Alexander Ross
Producer in Hollywood,
Represented by TalentScout Management of Beverly Hills,
Member of the British Academy of Film and Television Arts,
Président of WriteMovies et de Ross WWmedia Cies,
Consultant to the National Academy of Writing of Great Britain.

Monsieur Georges

0

Pourquoi vous ? Vous étiez des centaines de cobayes dans cette antichambre de l'enfer, cadavres en devenir de la démence nazie : les yeux tournés vers le mur pour cacher un désespoir démesuré, le corps fœtal agité des premiers soubresauts du trépas.

Pourquoi vous ?

Tête baissée, paupières fermées et ventre serré, je ne pouvais qu'essuyer votre morve, éponger votre urine, racler votre vomissure, nettoyer vos taches de sang. Alors, pourquoi vous, au milieu de ce rassemblement hagard des Kaninchen[1] *du docteur Clauberg ? Pourquoi ? Parce que votre regard pur encore enfantin puisait, malgré le désarroi face à l'innommable, la force d'implorer mon aide ? Là où les autres renonçaient à cette existence sans autre horizon qu'une souffrance écarlate, vous, les enfants, gardiez toujours les yeux pleins de vos jeux révolus et d'une lumière magique où se tapissent les anges gardiens.*

---

[1] *Kaninchen* : lapins (all.), surnom donné à leurs cobayes par le docteur Mengele et son équipe. On a estimé leur nombre à 400 au bloc 10 d'Auschwitz 1 dirigé par le docteur SS Clauberg.

Oh, vos regards sans larmes ! Vos sombres prunelles dilatées m'apostrophaient sous leurs paupières maquillées d'ombres toxiques ; elles lisaient dans les miennes que je n'appartenais pas à ces tortionnaires hautains, blouse blanche et lèvres pincées, qui vous piquaient, vous ponctionnaient, vous piquaient encore, vous saignaient, vous couvraient de cataplasmes pestilentiels, vous piquaient toujours comme des petits lapins de laboratoire sans importance qui ne peuvent ni mot ni douleur dans la cage de l'ultime malheur. Oh vos yeux ! Vos yeux immenses récusaient toujours, éclairés de cette épouvantable crédulité enfantine aux contes, que vous, Nadia et Sofia sœurs jumelles de Hongrie, n'étiez que des objets sémites parmi cette multitude aux mains de ces expérimentateurs abjects. Et moi, j'étais leur valet impuissant, à peine plus vivant que vous, à peine moins torturé que vous, à peine moins monstrueux qu'eux, essayant de résister encore un peu aux crimes de ces médecins maudits.

Pourquoi vous, Nadia, Sofia ? Reflets l'une de l'autre, jumelles parfaites jusqu'au fin fond de votre destin. Je ne connaissais pourtant de vous que vos prénoms, les triangles jaunes qui vous proscrivaient, vos questions muettes et ma promesse incertaine faite à votre dernier matin : pour vous, comprendre l'inconcevable, expliquer l'inexcusable, affronter le problème du mal à travers son scandale le plus aigu, éclaboussant de ses excréments obscènes ceux qui oseraient le nier, une fois les larmes taries : l'ultime souffrance de deux enfants.

1

Juin 1945, trois semaines après la capitulation du Troisième Reich

Revenant de trois ans de tourisme en enfer, j'ai accompli un interminable périple à travers l'Europe dévastée — camion bâché, avion sanitaire, train —, en parcourant la Pologne, l'Allemagne puis la Belgique. Le cœur rempli d'émotions contradictoires, j'ai enfin aperçu l'horizon bosselé des mamelons lointains ébauchés par les monts de Flandre. Une ambulance blanche m'attendait à la gare d'Hazebrouck pour me ramener au village. Le véhicule a ralenti en dépassant la plaque Neu-Cappel, a contourné l'église Saint-Éloi, a traversé au pas la place pavoisée pour stationner enfin devant ma maison de briques que je ne pensais plus revoir.

Lunettes fumées et cannes de fortune, je descends laborieusement du véhicule pour disparaître chez moi sans me retourner vers les visages à l'affût. Je fuis le soleil autant que le monde. La maison est déserte. Rien ne semble avoir changé dans mon repaire de célibataire. L'imposante cuisinière claque de chaleur sur le carrelage encore humide de détergent. Les livres s'alignent dans la bibliothèque époussetée. Une bonne âme y a même ajouté quelques rayonnages. Et une centaine de volumes... Un carton griffonné d'une écriture familière est placé en évidence : *Ils sont à vous. Je les ai tous lus, vous avez du retard, Jean.* Troublé, je passe la main sur les dos, ânonnant les noms classés par ordre alphabétique : Aristote, Kant, Rousseau, Nietzsche, Schopenhauer... J'aimerais rester là, à ne rien faire, juste à caresser les couvertures consolatrices en écoutant s'égrainer les gongs de la grosse horloge que je ne pensais plus réentendre. Mais mes concitoyens m'attendent.

Ils s'imaginent me voir heureux de ce retour. Ils sont tous là, avec leurs sourires de circonstance, affichant l'illusion d'un ordre retrouvé : le temps cautériserait les plaies les plus profondes et les relents fétides du Bloc 10 d'Auschwitz-Birkenau s'estomperaient dans ma mémoire comme un cauchemar dissipé par le matin. Erreur commune ! Les années ne consolent pas, elles dessèchent : les rides, les commissures amères, nous font ressembler à ces meubles anciens, réputés embellis par le temps, alors qu'il abîme et détruit. Immobile, je leur fais face dans le silence de ces retrouvailles compassées.

Oui, je suis détruit, endeuillé de ces valeurs auxquelles j'ai consacré l'essentiel de ma vie. Pilonnées dans l'enfer du camp, elles m'apparaissent aussi incongrues qu'un bouquet de gaillardes fleurissant sur une décharge. L'été radieux de Flandre n'éclaire que l'impudence des visages et le néant de mes certitudes, jusqu'à vider de leur contenu les centaines de traités tapissant mes murs. Jadis, je veillais sur eux avec cette jalousie propre aux anciens enseignants ; désormais, la suie dispersée par la guerre les recouvre. Valeurs des tortionnaires poussées au paroxysme, l'éducation, la solidarité, le travail me paraissent autant d'impostures. Ma profonde passion d'hier pour la chirurgie a été anéantie par l'excessif, l'indicible et l'insupportable. Le scandale du mal, je l'ai pétri à la réalité objective de ces trois années : celle d'un puits sans fond exhalant les relents fétides de la folie humaine… Je reviens d'un lieu où il n'y a pas de pourquoi… Le mal, question sans réponse : le vent glacial et gémissant sur la plaine d'Auschwitz a balayé les feuilles mortes de la pensée humaine. Oui, la place peuplée d'inconnus silencieux représente un tableau dont je ne peux ni rire ni pleurer.

Pour célébrer mon retour dans la tiédeur de ce premier été de paix, les villageois se sont rassemblés sur l'esplanade à l'ombre de ses platanes sous la flèche octogonale de l'église Saint-Eloi. Le tout Neu-Cappel se masse autour du maire René Quaeghebeur, le ventre majestueux et le visage rubicond de couperose fleurie, flanqué de sa femme, portant culotte du couple et donc écharpe du village : première magistrate autoproclamée, je retrouve sans plaisir Yvonne coiffée d'accroche-cœurs, boudinée dans son amabilité construite, comme dans sa toilette à fleurs déformée par ses mamelles flottant sur sa bouée de graisse, les yeux perforateurs rivés sur son mari, objet de haute surveillance.

En bonne place se tiennent les Richart : Marcelle, dite *La Richarde*, coupe courte et grisonnante, sèche jusque dans sa prunelle délavée d'affairiste rurale. Son mari Albert petit homme frêle à la calvitie triomphante l'escorte. Souffre-douleur consentant et comptable comblé par le chiffre d'affaires familial, il flotte dans son invariable costume du dimanche, le menton fuyant et la mine misérable. Vanité centrale de ce tableau estival et champêtre, le vieux curé fait tache noire au milieu des autres. Son dos voûté et sa soutane austère tombant sans faux plis parachèvent son expression chagrine face aux chimères de ce bas monde.

Une banderole souhaite la BIENVENUE À MONSIEUR GEORGES, NOTRE INSTITUTEUR, en lettres multicolores aussi pimpantes que si je rentrais d'un joyeux camp de vacances. En retrait des paroissiens, une avant-garde roulante d'invalides de guerre constitue une bien triste compagnie mobile : Noël, le vieil empailleur, les pieds gangrenés oubliés dans une tranchée de Vimy, affiche une grimace amère et définitive.

À côté de lui, tribut de la jeune génération à la patrie vorace, Jean, la poitrine constellée de décorations, a été poussé en première ligne. Il doit son statut de résistant et son fauteuil orthopédique de chromes rutilants à cette balle allemande qui lui a explosé une vertèbre lombaire : une opération des F.T.P.[2] achevée dans le sang. Cerclé de ses lunettes rondes, le regard brun de mon ancien élève éclaire un visage empreint de gravité et de cette ironie rebelle qui en a fait mon préféré, aussi réfractaire aux maths que bon en thème. Derrière les infirmes, pose un ami d'enfance de Jean : Hervé, gendarme promu à la Libération, joufflu anxieux, l'abdomen contraint, les jambes écartées dans la dégaine cocasse du shérif. Cervelle de linotte depuis son plus jeune âge, surmontée d'un képi géométrique peu seyant. Le temps n'est pas si loin où je lui tirais les oreilles : « Hervé ! Tu vas

---

[2] F.T.P. : Francs-Tireurs et Partisans. Groupes de résistance.

oublier ta tête ! » Aucune posture ne peut abuser un instituteur.

Un peu plus loin, je distingue ma chère Augustine, mémé grise et courbée qui consacrait, chaque semaine d'avant-guerre, quelques heures de son existence vertueuse à combattre mon désordre de célibataire. Femme de ménage et fidèle du Seigneur, croyant au bien, un idéal divin et sans taches, imprégnée d'une foi détergente… Malgré son âge, Augustine conserve cette énergie généreuse qui anime une minorité de paroissiens. Organiste le dimanche, elle brasse en semaine une bière houblonnée étiquetée (pour des raisons fiscales) sous le nom de *pain liquide*. Cette bibine domestique, au titre aussi confidentiel qu'un secret de confessionnal, décoction ambrée d'orge, de houblon, de chicorée, fruits de coriandre et de baies de genévriers, a réjoui plusieurs générations d'estomacs de Neu-Capellois.

Marieke à ses côtés… La nièce d'Augustine, blonde et légère, un regard à l'eau d'une source en amont des turpitudes humaines. Ah ! Marieke, infirmière débordée, fiancée de trop de mutilés pour faire le bonheur d'un seul. En retrait, monsieur de Male domine les roturiers de sa haute taille. Monsieur le comte, vêtu de son inévitable gabardine de chasse : saison ou non, il passe le plus clair de son temps à éradiquer les locataires clandestins de ses bois qu'ils soient à plumes ou à poils. Sa couperose sévère dénonce un abus de protéines.

Les élèves les plus petits s'alignent sagement au premier rang. Comme ils ont pu me manquer ! Pourtant, je les trouve si changés que mon bonheur de les revoir est tamisé : métamorphosés en adultes miniatures, ils me font toucher du doigt mes trois années de captivité. J'ai quitté des bambins impulsifs, bruyants ; je retrouve des adolescents silencieux, aux lèvres duveteuses ; des filles aux hanches souples et aux tendres poitrines ; des jouvenceaux inconnus, effarouchés désormais par l'évidence longtemps escamotée de leur sexualité. Bien sûr, ils doivent aussi avoir quelque peine à reconnaître leur instituteur en ce squelette grisonnant et austère, claudiquant sur sa canne ! Trois ans… Trois ans depuis mon arrestation en pleine leçon par deux policiers français revenant de leur perquisition. Je vois encore le regard glacial du gradé portant avec dégoût la pile des *Humanité* clandestines découvertes chez moi… J'ai rangé mes affaires devant la classe silencieuse, serré une à une la main de mes dix-sept élèves ; puis, juste pour rompre le silence, j'ai prononcé un mensonge rassurant : « Ne vous inquiétez pas les enfants, votre maître va bientôt revenir… » Un sourire à Augustine, Marieke et Paul, et je suis monté à l'arrière de la Citroën noire entre les gardiens de l'ordre, laissant au tableau le début d'une fable de La Fontaine,

La raison du plus fort est toujours la meilleure
Nous l'allons montrer tout à l'heure
Un agneau se désaltérait
Dans le courant d'une onde pure.
Un loup survient à jeun qui cherchait aventure…

Tout à l'heure, trois ans, mille jours ! C'est si long quand se comptent les heures. *Tout à l'heure…* En ce matin de retour, je mesure combien le temps a accompli son œuvre, furieusement stimulé par les démences du monde.

Le discours du maire Quaeghebeur. La lente cérémonie suit son cours protocolaire. Je m'agrippe à ma canne. En dépit de mes lunettes, le soleil me blesse les yeux. L'esplanade se dilate comme une mer se retire, pour se rétrécir en rouleaux de vagues. Les nuages traversent l'azur à la vitesse des oiseaux sauvages. Étourdissement… Face à mes prochains épiant mon infortune, je me sens catapulté dans un vaisseau fantôme carnavalesque, je ne supporte plus le soleil, le vent. Je ne supporte plus le ciel. Et tous ces regards me questionnent : « Est-il devenu fou ? »

Je me concentre sur l'allocution pour faire bonne mesure. La place va être rebaptisée du nom de la Victoire… Le maire rubicond résume ma carrière : vingt-cinq ans à éduquer les bons petits soldats de demain… Il parle de moi comme d'un absent, évoque ma vie comme celle d'un mort. Qu'il est curieux d'entendre son propre éloge funèbre ! Mais suis-je seulement encore vivant ? Je ne sais plus. J'endure les vibrants aphorismes élogieux rabâchés des valeurs françaises dégoulinantes du sang impur et de l'héroïsme des enfants de la patrie. L'écharpe tricolore de René Quaeghebeur tressaute sous les trémolos de circonstance. Je me les traduis en allemand pour combattre cette nausée naissante, avec l'espoir que mon sourire flottant ne serait pas mal interprété. Vive la France. *Über alles* ! Un coq de sa ferme voisine accompagne le premier magistrat du village quand il scande son épilogue patriotique ! Au travers d'un brouillard lumineux, le maire se courbe devant moi dans une salve d'acclamations. Le soleil. Yvonne, son épouse, minaude aux applaudissements comme s'ils lui étaient destinés. Je parviens à m'incliner à mon tour, courtois jusqu'à la fin du discours par simple reconnaissance de ne pas être invité à y répondre. Je suis soulagé car le curé n'a pas tenté d'inclure au programme des réjouissances un *Deo Gratias* avec l'espoir déraisonnable que les horreurs des *Lager*[3] aient rapproché de Dieu ce mécréant doublé de suppôt du marxisme matérialiste que je fus. Ne peut-on s'affranchir d'un de ces fantasmes sans succomber à l'autre ? En tout cas, j'apprécie d'être dispensé d'une escale à l'ombre des nefs de la *hallekerke*[4].

---

[3] Lager : camp.

[4] Église flamande à trois nefs égales.

2

L'assemblée se replie dans la salle des fêtes. Je retrouve mon souffle à l'abri de ses solides murs de briques qui me préservent du ciel. Pourtant, je sais que le repas constituera un nouveau supplice moral. Mais là encore, je fais bonne figure.

Le menu est pantagruélique, dans la pure tradition biblique des fameuses agapes corroborées de boulimie flamande : potchevleesch[5], bouchées à la reine suintant de crème, coqs de combat à la bière, langues de bœuf à la flamande ensevelies sous les pommes de terre au genièvre luisant de graisse. Un banquet peut-il rattraper mille jours de privation ? Oignons frits fumant sur des collines de flageolets flandriens vert tendre, saucières remplies de fluide sombre, vin rouge clair de pays (un autre pays), corbeilles de tartines pour saucer jusqu'à l'asphyxie la carbonnade, salades de chicons, etc. La nausée me rattrape, haut-le-cœur d'un estomac détraqué, dégoût métaphysique d'une âme moribonde. Le village alléché s'installe autour de ce festin de viandes où je ne vois que des cadavres.

---

[5] Terrine de viandes en gelée.

Puis-je leur montrer, à ces visages souriants, que mon plat favori demeure les croutons de pain noir trempé de bouillon d'épluchures ? Puis-je leur raconter ce plaisir intense et honteux à sucer ces vilains croûtons dégoulinants au fort amusement de nos gardiens hilares qui nous invectivaient : *Schwein*[6] ! *Schwein* ! Comment leur avouer que je riais alors avec eux, la bouche pleine de cette soupe immonde, acceptant l'insulte, tout à ce réconfort insurpassable de rogner quelques heures à la barbe de la mort ; et puis-je leur avouer qu'aujourd'hui encore, quand la faim me tenaille plus que la honte, je croque avec délice quelques pelures de légumes bouillis, en laissant voluptueusement couler le jus tiède dans ma chemise ?

Pour m'honorer, ils m'ont assis à la droite de la moitié du maire. Moitié… étonnant paradoxe de la langue, Yvonne étant aussi son double… Ah ! Madame la mairesse et son babillage anesthésiant dégoisé de sa poitrine démesurée ! Fournisseur officiel et organisatrice patentée des ripailles du canton, elle prend le banquet à son compte, passant les plats dans le sens inverse des aiguilles d'une montre, apostrophant les diagonales, interrompant son voisinage en général et son mari en particulier à la moindre intervention. Elle parle de ce qu'elle mange, de ce qu'elle a mangé et de ce qu'elle mangera. Postillonné de sa bouche gloutonne, le récit de ses privations de guerre prend une dimension surréaliste. Muet de répugnance, j'évite de lorgner l'assiette de la première dame du village, jonchée d'ossements qui m'évoquent

[6] Porc ! Porc !

les trépassés en tas, monceaux hérissés de côtes, pelletés dans les fosses communes.

Yvonne s'emploie à me sortir de ma torpeur :

— Ça n'a pas dû être drôle dans les camps de travail, uh, m'sieur Georges…

La mairesse pratique la litote pour me faire parler. Elle espère sûrement une anecdote inédite à resservir à l'estaminet ou la boulangerie. Mais je n'ai rien à dire. Que valent les mots pour décrire ce crépuscule de vapeurs âcres, cette terre aride sans arbre, sans herbe, fétide de tous ces corps en décomposition, debout ou couchés ? Que m'apporterait le partage de mes souvenirs d'un camp envahi de fumées nauséabondes où le silence abominable n'était entrecoupé que des cris des bourreaux et des hurlements de leurs victimes ?

— Des camps d'extermination, rectifié-je enfin.

Un instant, ses mandibules cessent leur trituration :

— Uh ? Ce n'était pas des camps de travail ?

— Le travail, c'était l'extermination… murmuré-je.

Je me sens injuste. Mes humeurs n'ont aucun sens. Comment pourraient-ils deviner ? Un instant déstabilisée, ma voisine reprend l'initiative :

— Oh ! Ici non plus, ça n'a pas été facile, vous savez m'sieur Georges ! Le pays est à genoux ! Tenez…

Elle se penche vers moi avec la mine de celle qui détient un secret d'État :

— Vous connaissez le prix du beurre en ville aujourd'hui, m'sieur Georges ?

— Le beurre ? marmonné-je.

Oui, le beurre… L'aliment le plus rare, le plus convoité, la friandise absolue dont j'ai du mal à croire que ma plantureuse voisine ait pu être sevrée ! Le beurre… De l'or tendre dont j'ai oublié le goût. Je suppose courtoisement que son prix d'avant-guerre a doublé :

— Le beurre… Heu… Quatre-vingts francs ?

L'œil de ma voisine s'arrondit de surprise :

— Uh ? Vous voulez dire quatre-vingts francs le kilo ?

Elle donne un violent coup de coude gauche (le même à droite m'aurait achevé) au flanc de son mari :

— T'entends ça, René ! Le beurre ! Quatre-vingts francs ! Les cent grammes, oui ! SIX CENTS FRANCS LE KILO ! Si ! Oh ! M'sieur Georges, ça n'a pas été rose tous les jours !

Uh ? Ses seins tressautent de bien-être à la perspective de ces années de paix tartinées de cholestérol.

Le chapitre du beurre épuisé, nous passons au fromage du mont des Cats. Mais je n'y touche pas malgré les exhortations maternelles de ma voisine. Bruits de vaisselle. Vin, bière, genièvre : les cuvées de René coulent à flot, irriguant les panses, enflammant les pommettes, brouillant les regards.

Mes villageois gris et repus commencent à se déplacer autour de la longue table pour me saluer. Respectueusement, les visages compassés défilent devant moi et récitent une phrase amicale apprise par cœur comme une leçon difficile : « On a beaucoup pensé à vous, m'sieur Georges… »

Augustine, ma gouvernante de toujours, ronde et érodée, me raconte comme elle a loué le Seigneur d'avoir permis mon retour. Face à ce visage doux et docile, je m'interdis de demander pourquoi Il n'a pas autorisé celui des millions d'autres et à quel point cet arbitraire divin auquel elle rend grâce me répugne ! La guerre balbutiait ses hoquets suprêmes, quand la Gestapo a emmené son petit-fils pour une obscure destination. Pauvre Augustine, je lis sa désespérance maîtrisée. Accepte-t-elle sa disparition par piété ? Ma question est cruelle et elle reste muette… Bien sûr que non : Augustine endure le silence quotidien du facteur, en offrant son calvaire à Dieu. Tel Job, elle souffre les épreuves du feu qui forge la foi. En déchiffrant l'allégeance sur les traits de cette brave mémé que j'aime, je comprends ma nausée : alors, nous célébrons le retour du bien ! Et mes amis de retrouvailles fêtent aussi la défaite du mal, comme des élus du ciel ayant terrassé le dragon.

Petit à petit, la fatigue anesthésie mon écœurement. Dans un brouillard, je vois Yvonne attaquer une énième assiette en pérorant sans mollir, tandis que j'entends son maire de mari raconter à quelques administrés complaisants la résistance administrative contre l'occupant. Le brouhaha festif rebondit sur les murs de la salle. Le plafond ploie au-dessus de ma tête douloureuse. La nappe blanche, désormais encombrée de cadavres de bouteilles et de vaisselle sale, danse devant mes yeux usés…

— Et la viande ! Uh ? Si vous saviez m'sieur Georges…

Yvonne revient avec sa guerre sans me laisser le temps de répondre que je n'y tiens pas.

— Les Allemands réquisitionnaient tout. On avait droit à un kilo quatre de viande PAR MOIS ! Uh ?

« Par mois ! » La fin de la phrase franchit une octave pour en souligner l'épouvante, puis elle baisse d'un ton :

— Alors, vous ne savez pas ? Eh bien, les gens organisaient des élevages clandestins dans leur cave, leur garage, leur remise. Tenez, les Lefebvre…

Son nez désigne un jeune couple entourant une petite fille.

— Un jour, leurs voisins ont entendu des cris affreux venant de chez eux. Affolés, ils ont appelé les gendarmes !

Elle se remet à rire :

— Uh... uh... Et vous savez ce qu'ils ont vu ? Eh bien, sur place, ils ont assisté à une vraie corrida ! Une vache maigrichonne et cinq moutons blessés qu'ils tentaient d'abattre ! Les bêtes avaient trouvé le moyen de se réfugier dans les pièces de la maison. Croyez-moi si vous voulez, m'sieur Georges, on m'a dit qu'il y avait du sang jusque dans la chambre à coucher ! Uh ! Je sais bien que les gens mouraient de faim, mais enfin, m'sieur Georges ! Être boucher ne s'improvise pas, uh ? C'est un métier, vous n'êtes pas d'accord ?

Uh ? Muet à ces vérités qu'elle m'assène avec l'aplomb d'un élève idiot, j'opine que oui, boucher est un métier…

Je tente de retrouver mon souffle, en réfléchissant au moyen de m'éloigner au plus vite de cette poitrine martyrisée qui gonfle à vue d'œil un corsage menacé d'explosion.

Autour de la table, les sièges se libèrent. Dans cette ambiance de fin de fête, les adolescents désertent la salle pour roucouler à l'ombre des platanes. J'envie leur insouciance. Les enfants se chamaillent sur la scène dans un concert de cris perçants, cadencé de bruits de faïences et de tintements de verres, orchestrant une masse informe de phrases décousues, de rires stridents pour rappeler à tous l'allégresse d'une fin de guerre…

Fausse note dans cette harmonie grotesque, sur le flanc droit de la table, tassé sur son détestable fauteuil à roues, Jean boit en silence, la mine sombre. Nos regards se croisent. Il m'adresse un pauvre sourire qui broie mon cœur d'instituteur. Yvonne surprend notre échange. Elle se penche vers moi, en me mâchouillant à l'oreille un chuchotement pâteux et faussement empathique :

— Gisèle l'a quitté après l'accident. C'est malheureux.

Puis elle ajoute, ne résistant pas à la délectation d'un nouveau souffle calomnieux :

— Uh… Il boit…

L'accident… événement dérisoire au milieu du maelström de la guerre, tellement inépuisable… Ainsi, la brune fraîche et pulpeuse a fui l'accablante perspective de vivre avec un infirme. Elle a quitté le malheur dans un bourdonnement de médisances bien-pensantes. Je ploie sur mon quartier intact de tome. Bien-pensantes ! Uh ! Ni bien ni pensant, évidemment ! Toucher le mal autorise-t-il une opinion sur le bien ? Notre univers moral est-il donc en noir et blanc comme un ciel d'hiver, et le mal ultime ne dévoile-t-il que le bien extrême, conformément à ce dualisme tellement confortable de ces moralistes incapables de compter au-delà de deux ?

— Uh ? Vous trouvez ça juste, vous ?

Yvonne poursuit sa promenade calomnieuse :

— Et puis, m'sieur Georges… Ces résistants ? Quand même ! Vous ne croyez pas qu'il vaudrait mieux laisser faire les guerres à ceux qui savent ? Chacun son métier !

Les guerres, une affaire de professionnels en quelque sorte ! Comme les bouchers ? Le babillage d'Yvonne a raison de mes sages résolutions. Je parviens à croasser :

— Juste ? Si Gisèle était restée, cela aurait-il été plus juste ? Que savons-nous du bien, madame Yvonne ?

La question interrompt les commentaires de ma voisine. Elle tourne la tête vers son mari rouge brique et le prend à témoin, en murmurant :

— Des têtes brûlées, uh…

Une bonne couche de ce beurre si cher tartiné avec l'empressement avide de celle qui se méfie des accapareurs, puis elle ajoute d'un ton péremptoire :

— Si vous voulez mon avis, des voyous…

Le reste se perd dans une mastication réprobatrice. Pauvre Jean. Son engagement incertain est condamné par ceux qui n'ont fait aucun choix. Sa tartine avalée, Yvonne se justifie :

— Vous savez, nous n'avons jamais pactisé avec les Allemands. Jamais ! Bien sûr, en tant que maire, il a bien fallu composer avec le *banoffe* ou le chef de culture, mais on ne s'est jamais enrichi ! Ce n'est pas comme certains, uh…

Comme un mitrailleur de son blockhaus, Yvonne change de cible. Marcelle, dite *La Richarde*, essuie un deuxième tir de clabaudage. Le regard oblique, madame le maire lâche une première salve. Elle répète pour être bien comprise :

— Pour sûr, certains se sont enrichis : ça passe…

Elle lorgne le couple Richart en face de nous.

— …et ça rapace ! Vous savez, l'Occupation n'a pas été dure pour tous. Enfin ! Il faut de tout pour faire un monde ?

Il faut de tout pour faire un monde… Chacun son métier… Ça passe et ça rapace… Les dictons tuent chez moi toute envie de répondre. Les truismes des rédactions écolières m'avaient toujours mis hors de moi. Mes élèves m'infligeaient souvent ces phrases creuses de fausse philosophie, de poncifs frappés au coin du bon sens terreux, ramassés dans les cours de ferme pour étoffer leurs laborieuses copies de potaches, comme ils meublaient les repas de tartines et de soupe dans leur cuisine.

J'observe *La Richarde* désignée par Yvonne, la silhouette décharnée au bout opposé de la table, le nez dans son assiette et les pensées dans son livre de comptes, l'esprit métallique et l'âme obtuse. Les guerres se nourrissent de ces êtres transparents et calculateurs. Oui… *Il faut de tout pour faire un monde…* chaotique jusqu'à l'absurde, absurde jusqu'à la démence. À moins que je ne sois moi-même dément. Comment un fou pourrait-il répondre de sa propre santé mentale ? Comment les hommes prétendument raisonnables seraient-ils en capacité d'attester leur discernement ?

— Cerises ou rhubarbe, m'sieur Georges ? Il y a aussi de la *paptaart*[7].

Partir… Je ne survivrai pas à la prochaine bouchée… La bouche grimée de sirop de fruit et de mousse de bière, la femme du maire, après avoir balancé ces quelques grenades, brandit deux quartiers dégoulinant de crème colorée par les fruits. La rouge ou la verte ? Ma foi… Le choix donne l'illusion de la liberté. Je parviens à répondre avant qu'elle m'impose les trois desserts :

---

[7] Tarte au lait bouilli.

— Je vais opter pour la rouge, madame Yvonne, balbutié-je. Entre deux maux…

Elle me jette alors un regard troublé. Cette allusion à mes opinions d'antan ne la fait pas sourire. De toute façon, je n'ai nulle envie d'évoquer la couleur des triangles cousus sur nos chemises rayées[8]. Une discussion politique avec un homme revenant de trois ans de *Lager* pour sympathies communistes n'est pas confortable. Elle le sent et c'est bien la première chose dont je sais gré à ma plantureuse voisine. Elle doit considérer la prospérité immorale des accapareurs, un sujet plus approprié que la Résistance :

— Uh ! Les riches se sont enrichis et les pauvres n'ont plus les moyens de se loger ! Il paraît que le pauvre Noël doit des mois de loyer en retard. Si ce n'est pas malheureux !

Un coup d'œil faussement charitable à l'intéressé, exilé en bout de table, comme un indigent invité par charité. Le vieil empailleur tient à son assiette un discours silencieux. Depuis des années, il marmonne ses monologues fâchés dans les champs, à l'église ou à l'estaminet. Nul doute qu'il poursuit ces débats solitaires chez lui, en compagnie de ses animaux pétrifiés… À côté de lui, trop sourde pour l'entendre, la vieille Émilienne Richart vibre dans le silence de James Parkinson. Yvonne enfourne un bout de tarte phénoménal puis, sans attendre sa déglutition, fait pivoter son feu meurtrier vers Madame Richart mère :

— C'est comme Émilienne… Elle leur doit aussi des tas de loyers en retard ! Vous pensez qu'ils passeraient

---

[8] Triangles rouges pour les détenus politiques, verts pour les droits communs, jaunes pour les Juifs.

l'éponge ? Ce n'est pas le genre de Marcelle, uh ! Même sa belle-mère… Uh ! Entre Richart non plus, on ne se fait pas de cadeau !

Un ton plus bas, dans une confidence mutine, elle confirme :

— Pas de cadeau, surtout à sa belle-mère ! Uh, uh…

Sa voix devient chuchotement :

— Regardez bien m'sieur Georges, ces paquets qu'ils mettent sur la table : ils accumulent les restes, ils disent que c'est pour leur chien, mais c'est pour eux ! On ne devient pas riche par hasard, uh !

Uh, uh… Yvonne glousse, la bouche pleine en fixant les petits paquets accumulés autour de l'assiette de Marcelle. La conversation tombe. Un convive renverse son verre dans un concert de quolibets, une plaisanterie déclenche quelques ricanements complaisants. La fin de repas tourne au chahut. Bienvenue au pays ! Je me lève, incapable d'en écouter davantage, lesté des dernières bouchées stagnant au niveau de l'estomac. C'est donc cela, la paix ? Rien que la haine qui chuchote ? D'un signe de tête, je refuse une deuxième pâtisserie et prends congé de ma voisine, après avoir essuyé une ultime recommandation prophylactique… Sans plus me préoccuper des attentions pesantes, je parviens, claudiquant vaille que vaille, à rejoindre Jean trinquant avec sa solitude.

Ah, Jean ! Mon préféré, mon ami, mon fils… Que de soirées avons-nous consacré à lire le monde à travers l'or pétillant du pain liquide d'Augustine. Que de livres avons-nous réécrits à l'encre de nos esprits contradicteurs. Il me regarde venir à lui à pas hésitants. La trentaine émaciée, des yeux lumineux derrière des lunettes rondes. En vérité, il n'a pas été mon meilleur élève. Médiocre en mathématiques, il était le plus curieux, plutôt rebelle, toujours à questionner avec pertinence, à contester avec opiniâtreté, incapable qu'il était d'accepter le dernier mot de l'autre. Bon lecteur, prompt à dévorer les livres que je lui conseillais. Intelligent à force de courage, cultivé à force de curiosité, passionnant à force d'agacer… Le retrouver là, foudroyé dans sa générosité, n'a rien d'étonnant. La guerre ne ménage que ceux qui se camouflent, supputent et calculent.

Il agrippe ma main tendue :

— Vous vous amusez bien, m'sieur Georges ?

Il émet un rire bref semblable à un éternuement. Un éclat grinçant, moqueur et contenu. Je m'assieds lourdement à côté de lui :

— Alors, comment vas-tu Jean ?

Il hoche la tête sans me lâcher la main.

— Je me débrouille, m'sieur Georges, vous savez.

M'sieur Georges. Tous les élèves m'appelaient ainsi, sans respect excessif, sans affectation, comme au village on dit m'sieur l'curé ou m'sieur l'maire. Jean sourit :

— Content de vous voir, m'sieur Georges…

Je me détends un peu à cette authentique parole de bienvenue qui me va droit au cœur. Que dire ? Il s'est passé tant de choses. Jean rompt le silence le premier :

— Vous savez, avec les bras, on peut tout faire : la cuisine, le jardinage, le ménage… Et ils fortifient !

Il exécute le geste de l'haltérophile. Il ajoute pour me convaincre que tout va bien :

— J'habite toujours au Kleindorp. Vous viendrez me voir ?

Hameau de quatre bâtisses, le Kleindorp se trouve à dix minutes à pied au nord de Neu-Cappel, à la lisière du bois de la Becque. Jean y habite une simple fermette appartenant à la famille Richart.

— Vous avez dû en voir, médite-t-il, l'œil fixé sur son verre. Évidemment, trois ans, c'est long, mais vous voilà. C'est bien !

— Tu sais le bien, je ne sais plus ce qu'il est, Jean…

Il me jette un regard intrigué. J'éprouve le sentiment déprimant que lui-même ne me comprend pas. Jean trempe le nez dans sa bière. *Vous avez dû en voir…* Ce n'est ni une question ni une invite à la confidence.

— Je n'aurais jamais dû revenir, Jean : nous étions 1175 dans le convoi du 6 juillet 42. On nous appelait les 45 000 à cause de nos matricules. J'ignore s'il y a des survivants…

Je remonte la manche et exhibe le numéro tatoué sur mon avant-bras gauche : 45 170.

— À quoi le dois-je ? La chance, la malchance ? Je connais l'allemand. J'ai prétendu être infirmier... Ils m'ont affecté au Bloc 10… Cela m'a sans doute sauvé. Je me demande vraiment combien en sont revenus[9]…

— Qu'est-ce que le Bloc 10 ? questionne mon élève.

— Une sorte d'hôpital à Auschwitz 1… hésité-je. Ainsi, j'ai échappé à Birkenau[10].

---

[9] On ne dénombrera que 120 rescapés sur les 1175 déportés des « 45 000 » du convoi du 6 juillet 42 au départ de Compiègne.

[10] Auschwitz 2

Un éclair lui traverse le regard :

— Dites, c'est vrai ce qu'on dit ? Ce n'est pas de la propagande alliée ? Il ne s'agissait pas d'internement ? C'étaient des camps de concentration ?

— D'extermination, Jean…

Il baisse la tête et répète d'un air lugubre :

— Vous avez dû en voir…

Il change de sujet et je comprends. Moi-même, je n'ai pas plus le désir d'évoquer les circonstances de son infirmité que celles de ma déportation.

— Bon ! Il faudra reprendre vos lectures, m'sieur Georges. Vous avez du retard…

— Oui ! Merci, Jean ! J'ai vu tous ces livres. Tu as vidé ta bibliothèque ? Pourquoi m'as-tu prêté tout ça ?

— Donnés ! Ils sont à vous, m'sieur Georges ! Je les ai lus ! Et puis, ça me débarrasse… Ma bibliothèque déborde. Vous viendrez m'en parler ? Comme avant ?

Il glousse à l'évocation de nos débats idéologiques. Un sourire en coin pour rappeler le temps où nous échangions nos sacs de bouquins et de bouteilles.

Je l'observe descendre sa bière, le nez dans le verre, les yeux fermés. Que de souvenirs ! Fâché avec les sciences, Jean a entamé un brillant parcours universitaire de lettres classiques et de philosophie. Chaque dimanche, il a initié son vieil instituteur, l'élève ayant dépassé le maître. Puis la guerre a éclaté. Un brin de cynisme, une touche de nostalgie complice. Tout cela est bien loin. Tous ces ouvrages… Singulier cadeau de bienvenue… Bien sûr, Jean connaît ma passion pour la lecture.

— Que lis-tu en ce moment ?

Bizarrement, la question le trouble :

— Oh... Spinoza... Le Juif rebelle ! En ce moment, je suis plongé dans *l'Éthique...*

— *L'Éthique* ? Eh bien, j'aimerais savoir ce qu'ils auraient écrit de cette guerre, ces penseurs qui ont refait le monde ?

Jean ricane et lampe son verre :

— Évidemment... Remarquez... l'absurde les a tous enterrés ! Hein, m'sieur Georges ?

Il émet son drôle de rire, un éternuement sec et sans joie.

— Qu'en pense Spinoza ? demandé-je.

La réflexion le fait cligner des yeux :

— Spinoza ? Il pensait que le mal résulte d'une comparaison[11]... Il n'a pas de réalité absolue... Qu'en dites-vous, m'sieur Georges ?

— Une comparaison ? J'en dis que ça ne vaut même pas la moyenne...

Mon ancien élève pose la main sur mon bras.

— Remarquez, c'est le problème des écrivains : ils ne peuvent se repentir de ce qui est publié. Pas d'effacement possible de l'encre sur le papier ! La littérature ne connaît pas l'absolution !

Il s'esclaffe encore et mon cœur se serre. Pourtant, je lui suis reconnaissant d'aborder ce genre de sujet dans cette kermesse de la bêtise, bruissante de tous ces poncifs angoissants. Le mal, une comparaison ?! J'aurais biffé : *Argumen-*

---

[11] Correspondance avec Blyenbergh. Lettre XIX, Œuvres t. IV.

tez ! sur une copie d'élèves. Mais je me tais, préférant oublier Spinoza pour ne pas lui souhaiter un stage de philo appliquée à Auschwitz-Birkenau… Ah, Jean ! Que dire ? Je souffre tellement de te voir ainsi rivé à cette prothèse métallique. Toi non plus tu ne connais pas l'absolution.

Le mal, bien sûr… Y a-t-il seulement une autre question ? Je pourrai lui confirmer l'avoir pratiqué ; sous l'éclairage aveuglant de la Guerre mondiale, ce problème reste pourtant une énigme. Qui est coupable ? Trois années infernales ne m'ont pas permis de résoudre le mystère. Et leur fin n'y répond pas davantage, se contentant de l'éluder.

Le long visage de Jean s'anime d'ironie amère. Brillant de bière, son regard curieux et joueur me fixe. Oui, la flamme de ses yeux brille toujours. Il exécute un quart de tour de roue et attend. Je murmure en scrutant le village attablé :

— C'est bizarre, Jean, nos étagères sont remplies de livres sublimes, de millions de mots, de traités définitifs, d'essais hardis, d'encyclopédies. Je les ai accumulés, je les ai lus, récités. Ma bibliothèque était devenue une fortification humaniste. Qu'en reste-t-il ? Franchement, dis-moi à quoi ils ont servi. Tu as déjà vu des bouquins arrêter les barbares ? Ils en font des autodafés ! Oui, Jean, inutiles ! Inutiles parce que ridiculement inoffensifs !

— Inoffensif ? *Mein Kampf* ?

Je hausse les épaules :

— *Mein Kampf* ? Un livre méchant et sans intérêt ! Inoffensif tant ce que son auteur se contente d'écrire. Mais s'il prend la parole…

Je réfléchis un instant avant d'ajouter :

— L'orateur s'expose ; mais l'écrivain lui, vit dans le confort de sa solitude. Il ne se parle qu'à lui-même. Il ne pose donc aucun acte politique. Voilà pourquoi il n'incarne rien et ne présente aucun danger…

Je m'arrête. À l'opposé de la table, le timbre de Marcelle houspillant son mari couvre ma voix. Nous regardons sévir *La Richarde.* Puis je détourne les yeux de la mégère en baissant le ton :

— C'est vrai, Jean… Je voudrais comprendre ce qui s'est passé. Comprendre, juste pour accepter, voilà tout… Comprendre pourquoi le monde s'embrase, pourquoi les gens médisent, pourquoi ils se barricadent chez eux à la nuit tombée, pourquoi les élèves se battent à la récréation, pourquoi tous ont si peur…

Mon ami hausse les sourcils d'un air dubitatif, comme si je lui avais proposé une question hors programme scolaire. Il prend le parti de s'esclaffer :

— Rien que ça ! Vous me proposez ce genre d'escalade ? Vous avez des suspects ? demande-t-il, sardonique.

— Jean, la recherche du coupable est un faux problème.

Il lève le doigt :

— Dieu demande *Où est Abel, ton frère ?* Caïn dit : *"Moi je l'ai tué, mais Toi, Tu as créé en moi l'instinct du mal."*

L'instinct du mal, peut-être. Celui qui l'expliquera : voilà le Livre des livres…

— Oui, Jean. Mais tu sais que je ne crois pas en Dieu. Le coupable n'est pas là-haut.

Il glousse en examinant le plafond blanc comme s'il y cherchait un indice. On dirait un drôle de hoquet qui sonne comme un sanglot. Il hoche la tête :

— Ça, m'sieur Georges… On le savait déjà, non ?

— On le pensait, Jean, maintenant, je le sais.

Je finis mon verre. Je voudrais noyer ma nausée mais l'inverse se produit : par manque d'habitude, l'alcool attise mon malaise. Dans un murmure je poursuis en balayant la table du regard : Marcelle, Yvonne, René, Albert et tous les autres…

— Ils ne savent pas. Personne n'a encore pris la mesure de ce qu'étaient les *Lager*, Jean… Personne, tu entends ? Il faudra du temps, tu sais… Et encore, il faut l'avoir vécu… Tu ne croirais pas… J'ai vu…

Je m'interromps. Vomir les mots qui me taraudent m'achèverait. Je bafouille :

— Voici la seule chose que je puis te dire : quand l'anéantissement obscurcit les esprits et qu'on recherche le moindre signe d'espoir pour ne pas devenir fou… il n'y a rien de plus vide que le ciel d'Auschwitz-Birkenau… Si Dieu existait, Il n'aurait jamais permis que ces enfants… Non.

Je ferme les yeux. Deux visages persistent, spectres angoissants. Je renverse mon verre. Jean pâlit. Il me jette un œil troublé, puis demande :

— Des enfants ? Quels enfants ?

Les mots me brûlent la gorge :

— Des milliers d'enfants. Exterminés avec leurs mères… Des gosses, des nouveau-nés, des familles complètes de plusieurs générations.

Ma voix tremble.

— Les médecins SS pratiquaient des expérimentations : les cobayes favoris étaient les jumeaux. Il y avait deux jumelles au Bloc 10…

Sofia et Nadia… Je m'interromps, le cœur au bord des lèvres. À quoi bon ? Autour de la table, les sourires sont des grimaces ; les rires, des délires. Suis-je devenu fou ? Conscient de patauger dans le tragique en pleine fête, je conclus d'une voix hachée :

— Je défie quiconque de justifier le martyr des enfants.

— Justifier ?

Jean me jette un coup d'œil intrigué.

— Justifier. Oui. Aucune réponse n'est possible.

Il ne répond pas, il n'a rien à justifier, bien sûr. Nous nous taisons au milieu du tapage diffus de la fête, intrus sinistres de cette comédie sociale, simples spectateurs d'une agitation qui ne nous oblige pas. Jean reste silencieux, vibrant, tragique, courbé sur sa chaise comme s'il voulait en bondir pour faire mentir le destin.

— Pourtant, les gens ont besoin de réponses, m'sieur Georges. Ils inventent Dieu ou la réincarnation, juste pour donner un sens.

En renouant avec nos débats d'avant-guerre, il souhaite dépassionner la discussion.

— Alors, m'sieur Georges, qui est l'auteur ? Il n'y a personne là-haut ?

Je lui serre l'épaule et lui chuchote à l'oreille :

— Pas de Sauveur… Le ciel de Pologne est parfaitement vide…

M'sieur Georges ! Quelqu'un me hèle. Je me lève avec difficulté, la main sur l'épaule de Jean :

— Je suis sursitaire. Tu vois, certains croisent Dieu et Lui vouent leur existence. Moi, j'ai rencontré le démon…

Mon ancien élève replonge dans sa bière, la voix chevrotante d'Émilienne m'apostrophe. Je m'éloigne de mon ami :

— Merci pour les livres Jean…

Émilienne m'appelle en agitant une main décharnée. Tandis que je la rejoins à petits pas, les accents de *La Richarde* s'entêtent à percer le brouhaha de la fête, interpellant impitoyablement le pauvre Albert devant tout le village :

— Tu ne l'as pas encore fait ? Vas-y ! Qu'est-ce que tu attends ?

Fustigé par les invectives de sa femme, le fermier se lève précipitamment et met son chapeau.

— J'y vais, Marcelle…

Il disparaît piteusement, poursuivi d'une nouvelle recommandation stridente :

— Et tu reviens me chercher ! Je ne vais tout de même pas rentrer à pied au Kleindorp !

Je m'assieds à côté d'Émilienne vibrant de contrariété :

— Vous avez vu comment elle traite mon fils ! Et lui ! *Oui Marcelle, j'y vais, Marcelle…* Je ne le reconnais plus… Normal, elle l'éloigne de moi…

Je hausse les épaules avec fatalisme :

— Bah ! Rien de tout cela n'est nouveau, Émilienne…

La vieille murmure d'une voix aigre :

— Tout ça parce que son horrible chien n'a pas mangé ! Cette brute a tué ma chatte… ma pauvre Minette !

Elle étouffe un sanglot.

— Tel chien, tel maître, m'sieur Georges !

Je hoche la tête. Bienvenue au village ! Je jette un coup d'œil à Noël juste à côté, en perpétuelle conversation avec lui-même. Couverts du bruit de la fête, les chuchotements traversent les cœurs, peuplant les réjouissances obligées de leurs sifflements de souffrances… C'est donc cela, la paix ? Non, pourtant, rien de nouveau. Déjà avant la guerre Émilienne et Noël marmonnaient, Yvonne médisait, la boulangère colportait, l'estaminet éructait, le curé ronchonnait et Jean se rebellait. Mais ma vision du monde avait changé. La vieille femme poursuit son réquisitoire :

— Ce maudit chien aboie toute la journée. Il tue mes chats. pendant qu'elle ruine ses locataires ! *Elle* ne pense qu'à l'argent !

Qui donc au village n'a pas l'obsession de l'argent ?

— *Elle* possède la moitié des terres de la commune ! Et ça ne lui suffit pas ! Mon fils est comme un caniche…

Son cornet acoustique sur la table, Émilienne me montre du nez Marcelle en conciliabule avec le maire. Les propos décousus de l'octogénaire ont trouvé en moi un interlocuteur muet :

— Ces gens-là s'enrichissent pendant les guerres et prospèrent en temps de paix… Elle traite mieux les vaches que les gens !

Ma voisine parle trop fort. Je tente de la calmer en lui tapotant sa main ravinée et tremblante. Mais, agitée de vaine colère elle ne s'arrête plus. Elle radote, abandonnée à ses idées fixes, livrée à sa solitude du Kleindorp où elle gaspille les ultimes jours de sa vie à nourrir son ressentiment en guettant sa bru derrière son *brise-vue* de dentelle jaunie. Non, vraiment, rien de tout cela n'est nouveau. Avant la guerre, les Richart possédaient déjà la moitié du village et menaient la vie dure à une dizaine de fermiers ou de métayers. À mon insu, les médisances d'Yvonne me résonnent dans le crâne. Je n'ai aucune difficulté à imaginer les fructueuses opportunités du marché noir. Indignités vénielles d'un monde perdu dont certains ne peuvent accepter l'impunité.

Ma journée de retour se déroule ainsi, ambiguë, surréaliste et épuisante. La fête m'isole et la légèreté me pèse. Revenant des *Lager* de la mort, je me sens de trop et m'estime sursitaire, avec ce sentiment résiduel de ne plus être concerné par cette sinistre farce humaine, cette *pièce écrite par un imbécile* où les uns luttent contre un mal omniprésent devant lequel les autres capitulent, et que les pires ignorent.

Dans son coin, Jean continue de boire. À côté de moi, Émilienne tremble encore de confidences amères, Noël soliloque toujours son interminable démonstration ; en bout de table, Marcelle négocie on ne sait quelle affaire avec le maire, l'écoutant d'un air important et suralimenté. Faussement dégagée, Yvonne surveille son mari, tout en remplissant son rôle de maîtresse de cérémonie gourmande et les assiettes de tous ceux qui mastiquent pour dissimuler qu'ils n'ont rien à se dire.

— Il reste de la bavaroise à la chicorée ! On ne va pas en laisser, quand même !

Si seul dans cette foule… Suis-je fou ? Peut-être pas… Peut-être, si la folie se mesure à la solitude et à ces obsessions : le mal, qui est en est l'auteur ? Je le vois, je le sens. Je n'ai qu'à tendre le bras tatoué pour tâter son tentacule gluant. Il est bien là, sournois, rôdant sans virulence comme des germes endormis, planant au-dessus des cœurs en attendant un terrain propice. Ces années ténébreuses me l'ont appris : les tortionnaires germains, anciens comptables, ex-banquiers, infirmières un temps dévouées, tous fonctionnaires compétents, retiraient leurs bottes avant de coucher leurs petits avec une belle histoire. Et les Gretchen en uniforme, aux tresses blondes et à la peau douce, minaudaient à l'amour la nuit et glapissaient à la mort le jour. J'ai reconnu les auxiliaires zélés du peuple des bourreaux en leurs victimes reconverties, pogromistes de Roumanie, hommes de main baltes, kapos juifs, Russes polonais, xénophobes bataves, antisémites français, fils aînés de l'Église, bureaucrates chapeautés…

Oui, je le sais : le mal n'est pas l'apanage de quelques damnés teutons, ennemis de Dieu, fourvoyés par quelque malédiction infernale, mais bien un patrimoine universel par-delà les frontières, funeste esprit malin réfugié en chacun, dans un morne camp de briques d'Europe Centrale comme une salle de fête d'un village de Flandre. Tour à tour coupables et victimes. Les suppliciés eux-mêmes me semblent les perdants d'un jeu de rôle où chacun est interchangeable, n'en déplaise à ceux qui regarderaient les camps vides comme les cimetières du monstre concentrationnaire, en feignant de croire que tout cela était d'un seul temps et d'un seul lieu.

Les bourreaux ont-ils vraiment un autre visage que le nôtre ? Tous coupables, tous victimes… Et la responsabilité nous file entre les doigts comme le sable écarlate d'Omaha Beach.

Alors, qui combattre ? Où ? Le mal n'a pas d'adresse. L'enfer est aussi vide que le ciel. Mais qui en est donc l'auteur ? Question muette frappée d'une omerta des philosophes et des politiques, plus ou moins conscients qu'elle menace toutes les autres…

À bout de force, je quitte la vieille Émilienne, incapable d'affronter plus longtemps la souffrance qui la possédait. La tarte aux cerises m'emplit encore la bouche, parfumée du café au goût amer de Libération. Sur la place, des villageois éméchés tirent quelques rafales joyeuses dans le ciel. L'écho de leurs détonations me transperce le ventre. *Schwein ! Schwein !*

La salle des fêtes se met à tourner et le vertige m'entraîne vers un néant consolateur. La lumière s'éteint enfin et le brouhaha s'estompe. Mes cannes tombent sur le carrelage et les jambes m'abandonnent au milieu des visages blancs de ces tristes enfants que je ne reconnais plus.

Le portail d'Auschwitz-Birkenau s'est ouvert un soir de printemps, offrant aux libérateurs de l'Est une saumâtre victoire : je vois encore ces soldats médusés face à nos squelettes vivants, témoins hagards de l'ignominie humaine, survivants moribonds trop épuisés pour nous en réjouir.

Bien sûr, les vainqueurs ont puisé dans la géhenne l'illusion d'appartenir au bien, investis du devoir divin de pourchasser les assassins, ces incubes, déserteurs de paradis, tueurs déchus escomptant un retour à la médiocrité et s'arrangeant des lambeaux de leur conscience écartelée entre le taraudage du remords ou la monstruosité abyssale de l'oubli. Mais moi, je sais. Je sais… Bien après la dernière éructation nazie, je sais que le mal plane encore sur la plaine de Pologne et le reste du monde.

Voilà, je ne crois plus au bien. Plus en celui du Dieu de la Genèse qui vit que cela était bon… Je ne crois plus au mal, simple dissidence du premier, comme Lucifer, ange rebelle, a trahi son maître. Le mal ne peut-il être que l'affaire de tortionnaires dépravés, bouchers découpeurs d'innocentes pubères ; et le bien, celle de ces héros en treillis de combat qui les vainquirent ?

Depuis des temps immémoriaux, les héros des livres d'histoire font mine de triompher des forces maléfiques. Je le sais maintenant, les livres mentent : c'est le mal qui forge l'histoire.

Le stalinisme a défait le nazisme. Mais j'ai appris aussi qu'un totalitarisme chasse l'autre. Je ne crois plus nos actes mesurés au baromètre de l'esprit éclairé, persuadé de son pouvoir quantificateur : quantification algébrique, bien sûr, puisque l'un serait le négatif du premier. N'en déplaise à ces inexpugnables citadelles fortifiées de certitudes : le périmètre du mal n'est pas circonscrit à ses ambassadeurs dévoués, et notre triste monde ne cesse de buter sur cette difficulté majeure, le plus horrible des paradoxes : cette impossibilité à définir le bien sans s'appuyer sur son con-

traire, en posant d'un point de vue logique un tragique problème de référence circulaire.

La question du mal constitue bien la plus complexe des énigmes. La plus urgente aussi car, quand elle nous trouve, pantelants et étonnés, il est déjà trop tard. Je chercherai jusqu'aux enfers, dussé-je m'y consumer : je vous l'ai promis.

3

Je recouvre laborieusement la santé. Mon esprit, quant à lui, incapable de projets, se contente d'apprivoiser un sentiment inusité de liberté : le silence d'une solitude habitée, la sensualité d'un papier vélin, le chuintement d'une bouilloire sur sa plaque brûlante, le parfum du café moulu, l'odeur acide et fraîche de la Javel répandue par la vieille Augustine sur le carrelage humide. Peu à peu, je retrouve mes marques dans ma modeste maison de briques près de l'école. Hormis la nouvelle bibliothèque saturée des livres de Jean et constituant la quintessence de la pensée humaine, rien n'a changé ; l'univers de Georges Courcelles ressemble à une chambre, théâtre étranger et familier à la fois après un mauvais rêve peuplé de revenants. Les plus redoutables sont ceux que l'on a aimés.

Augustine accomplit les tâches ménagères dans ma maison de quinquagénaire célibataire. Pendant ma captivité, la brave femme a poursuivi l'entretien de la demeure abandonnée : nettoyer le potager, briquer les cuivres ternis par le temps, épousseter les livres délaissés avec le respect de celle qui ne les ouvrira jamais.

Dans sa maison à la lisière du village, Augustine doit sans doute s'occuper de la chambre vide de son petit-fils avec le même dévouement, la même ferveur : une prière quotidienne pour convaincre *son* Dieu de lui rendre *son* cher disparu, et pour que tout redevienne comme avant.

Mais voilà… Je suis revenu ; Paul, non. Et cela n'a aucun sens. Je me souviens de cet élève appliqué, fagoté de gilets de laine tricotée maison, orphelin souffrant d'être trop couvé par sa grand-mère ; vélo, football, pique-nique, Augustine tremblait pour lui à toute aventure anodine. Et puis, il y a eu la guerre… Je sais bien que Paul appartient aujourd'hui à ces légions d'âmes sans sépultures dont les corps se mélangent aux scories des ruines, aux gravats des décombres. Disparu comme des millions d'autres, cendres grasses des crématoires, spectres ricanants échoués au fond de leur prison sous-marine, squelettes casqués agrippés à leur fusil au milieu d'une jungle du Pacifique, fossiles ensevelis sous de terribles vestiges, les bras autour du crâne dans un réflexe dérisoire, tous engrais de fourrage décomposé ou plancton des marées en devenir. Poussière, tu retourneras à la poussière… Cinquante millions de dépouilles renvoyées au néant initial, malgré les suppliques de la pauvre Augustine…

Le monde pourra-t-il redevenir comme avant ? Pour moi, c'est absurde. La guerre a cessé en Europe mais des bataillons de cadavres ignorent la paix, condamnés qu'ils sont à la guerre éternelle. Et puis, tous ces vivants mornes, ces cinquante millions d'errants, endurant la paix des pauvres dans les quartiers de transit ou les nouveaux camps de prisonniers. Et tous ces frères qui retournent au bercail, dépouillés du sens de la vie… Et ce n'est pas fini. À l'autre bout de cette planète anéantie, le Japon s'est s'engagé dans une ultime bataille suicidaire. Les ultimes fumerolles de ce cauchemar ne sont pas près de se dissiper…

Augustine vient donc un matin sur deux, humble souris nettoyeuse, bête à bon Dieu docile, grand-mère attentionnée accomplissant ses tâches admirables — vaisselle, serpillière, linge sale — rangeant, frottant, époussetant, épluchant, avec le même engagement qu'à l'église où elle s'agenouille, se lève, communie, s'assoit, s'incline, se relève, prie la Sainte Vierge, le bon saint Éloi ou la bienheureuse Rita. Entre agacement et émotion, je la regarde vaquer, menue et sans couleur. Ah ! Augustine ! Que cela rassure de brasser les choses, consciencieusement, méticuleusement, comme si la répétition donne un sens à nos chagrins…

— Laissez, Augustine ! Je ferai le lit moi-même…

— Non, m'sieur Georges ! Vos draps sont en *ratapon* : vous n'allez quand même pas dormir là-dedans…

Bienheureuse Augustine ! Dans le monde dessiné par son Créateur, les hommes dorment dans des lits aux draps frais, séchés par le vent ensoleillé de la campagne ; ils déjeunent dans des assiettes brillantes les plats mijotés qu'Il leur donne, saucés de la miche de chaque jour. Ils boivent son *pain liquide* brassé avec tant de vertu. Si Augustine savait qu'il existait des baraquements de briques, abandonnés au diable, où les hommes au regard mort dormaient en paquets sur des planches sans matelas, pataugeaient dans leurs excréments, et mangeaient avec la vermine dans des écuelles nauséabondes un bouillon dont son chien n'aurait pas voulu…

Augustine, silhouette fragile, courbée sur sa douleur discrète attisée d'un silence recueilli et de prières vaines, baissant des yeux aussi décolorés par les années que ses cheveux fins. Je lui réitère mes mercis insistants avec des *Reposez-vous, Augustine !*, lui taisant mon amertume si peu catholique.

Pourtant, elle me rappelle à la foi :

— Vous devriez faire confiance à Dieu, m'sieur Georges ! Il donne tellement de réconfort ! Il faut croire en Lui : Il nous apportera le salut.

Je croasse alors un bafouillage révolté :

— Le salut, Augustine ? *Le salut ?* Excusez-moi, mais quel merveilleux *salut* pourrait nous dédommager ?

Je m'en veux. Comment pourrait-elle savoir ? D'ailleurs, je ne lui raconte rien : ni les portes des wagons coulissant sur leur chargement silencieux, ni ces mains implorantes au travers de leurs meurtrières, ni les monts de chaussures lacées deux à deux par leurs propriétaires déjà consumés, ni ces rassemblements compacts et mous de cadavres bennés comme des immondices… Il faudra du temps au monde… Comment moi-même, pessimiste radical et sceptique viscéral, pourrais-je croire cela possible, s'il ne m'était infligé de l'avoir vécu ?

Oui, il leur faudra du temps pour comprendre que le mal gouvernait notre siècle : industriel… et radical.

Pourtant, à mon cœur défendant, je contrarie Augustine. Non par mes arguments, mais en restant le mécréant, celui dont la souffrance a été inutile, et cela, je ne peux le contredire…

— Tout va rentrer dans l'ordre, maintenant, m'sieur Georges.

Je garde le silence à ce mensonge pieux. Tout rentrerait dans l'ordre ? Pour tous ? Et moi seul serais fou ? Pauvre pauvre pauvre Augustine… Si elle savait comme elle m'angoisse, avec ses airs confiants en cette entité muette devant laquelle elle ploie comme sur son balai, par devoir, renoncement, fidélité insensée. Elle me rappelle ces colonnes de nus impassibles et sans lendemain, peuple qui se croyait élu, attendant la douche, ignorant les signaux de fumée et les odeurs de chairs brûlées, s'en remettant à leurs bourreaux et à Yahvé, les uns comme l'Autre si indifférents à leur sort. Non, non, ne pas me fâcher… Elle aussi souffre. Surtout ne pas lui dire :

— Non, Augustine, tout ne va pas rentrer dans l'ordre, ne serait-ce que pour les milliers de personnes nues qui ont défilé chaque jour, le savon à la main, parmi lesquelles je distingue votre petit-fils !

Non, surtout ne rien lui dire, puisque cela ne servirait qu'à avoir raison. Augustine, je vous aime bien, mais votre merveilleuse gentillesse me consterne car elle mesure ma colère. Je vous sais collectionneuse de rosaires, usant les grains de prière de vos doigts tremblants. Vos réponses construites à toutes mes questions sur le mal me donnent la nausée. Je sais : c'est injuste, mais derrière votre humilité admirable, je détecte l'outrecuidance des pieux qui déchiffrent le bien et le mal dans les messages éthérés du Très-Haut, avec cette insupportable assurance tranquille de ceux qui croient penser en pensant croire.

Parfois, Marieke prend le relais de sa tante, ses jours de repos. Entre ses services à l'hôpital de Dunkerque à panser la souffrance béante du monde, votre nièce dilapide sa jeunesse au village. Je ne sais écrire à quel point son regard clair me terrorise. Son courage, votre fierté, me semble aussi chimérique qu'une lettre d'amour perdue dans l'océan. Vous vous accrochez ainsi à quelques étoiles falotes pour oublier les ténèbres du ciel. Et ce trompe-l'œil fortifie le mensonge de votre foi.

En chuchotant vos prières devant ma vaisselle sale, vous ignorez que je vois en vous des tueuses de mes questions essentielles. J'ai vu trop de simples d'esprit malheureux pour m'en remettre à ces apôtres, imams et autres rabbins exégètes autoproclamés de la parole divine. Oui, je suis un mécréant perdu et une brebis galeuse car je refuse d'écouter tous ces avatars de Dieu, messies cosmiques, *Kommandos* du bien, nous faisant l'honneur d'une descente sur la troisième planète d'un obscur système solaire, champ de bataille de toujours, autant que la lune se le rappelle…

Pourquoi ce mal ? Qu'est-ce que le bien ? Augustine, Marieke, je refuse les vérités révélées sur les tables ou dans les amphores de Qman. De retour de l'indicible puits sans fond où elles n'ont pas cours, je m'autorise à refermer les empilements de codicilles bibliques comme ma porte de cuisine à vos psalmodies compassées, à vos chuchotements angéliques et à tout ce brouhaha vertueux de l'humanité confrontée au vide du ciel.

Bien sûr, vous contempler en train de combattre le désordre de ma maison et de mon âme, attise ma folie. Mais j'ai choisi : je préfère ma démence et m'accorde une minute définitive de silence pour entendre le cri primal de l'être venant à la souffrance, le râle final de celui qui la quitte, les barrissements de la bête aux abois, les chuchotements de haine sans courage, les éructations du national-socialisme, les vrombissements des forteresses US, les psalmodies des fanatiques métaphysiques. Les mensonges de ceux qui, parlant trop fort ou trop bas, tirent leurs rafales victorieuses vers le ciel ! Toutes ces vibrations triomphantes du mal universel, objectif et infini.

Oui, oui, je ne vais pas bien… La lassitude diagnostiquée pas le docteur Trillion ne me laisse pas le choix : il me faut renoncer à une quatrième rentrée. Et puis il y a ces vertiges... Mettre le pied dehors en plein jour constitue une épreuve que je me force à affronter. Le plein air me saoule, le ciel me panique exactement comme si les sentinelles casquées mitraillaient encore de leur mirador spectral. Seule la nuit me rassure, avec ses ténèbres complices de tous les fugitifs et de tous les proscrits. Dépression et anémie, a constaté le brave docteur, compliquées d'agoraphobie.

La rentrée de septembre ne m'accorde pas de répit suffisant avant de retrouver le tableau noir et la poussière de craie. Bien sûr, mes élèves me manquent mais je n'ai pas la moindre idée de la façon dont je pourrais encore assumer mon rôle au sein de l'Éducation nationale… et patriotique. L'instituteur qui tirait les oreilles des cancres a bien été pelleté quelque part dans les charniers d'Auschwitz-Birkenau.

Je te défie de justifier la souffrance d'un enfant…

POURQUOI ? Qui pourrait imaginer qu'à chacune de leurs apparitions, vos fantômes me taraudent le plexus, un peu à gauche en dessous du cœur. Une cicatrice toujours purulente… Je les repousse, mais ils reviennent comme une maladie honteuse.

Vous aviez seize, dix-sept ans, jumelles monozygotes aux existences dupliquées jusqu'au trépas, le regard fixe écarquillé sur l'indicible et le non-sens. Mais vous ne pleuriez pas, immobiles, bouche close par l'incompréhension la plus absolue. HIER, DAS IST NICHT WARUM ! Le slogan des officiers, des SS, des Kapos… Ici, il n'y a pas de pourquoi, car les questions précipitent la sentence. Alors il ne reste que les regards et la révolte de votre silence qui m'éclatent encore l'âme… J'en veux aux Allemands, j'en veux à la Pologne, j'en veux à la Terre entière… j'en veux au ciel vide. Je suis perdu pour la légèreté, l'insouciance m'a quitté à jamais, jusqu'à ce que vous reveniez en élues pour témoigner de la vie éternelle. Si ce n'est pas vous qu'Il sauve, alors qui ? Moi, je suis celui qui a vu le diable, le bras et l'esprit à jamais tatoués à son fer rougissant.

Le mal, son excès, sa diversité, dont l'intensité sans limites rend les mots caducs et impuissants à estomper ces souvenirs poinçonnés dans le cœur, tellement embarrassants pour les badauds cartésiens qui puisent dans leur béatitude édifiée en système la force de continuer : ces foules sourdes, ces armées au pas, ces fidèles rassemblés en rang, stupidement dépourvus face à la mort, définitivement apprivoisés par la souffrance convenue, si résignés et obéissants face à la guerre qu'ils osent à peine chuchoter leur désarroi dans la cathédrale glaciale de leurs illusions.

4

Je vis seul et il me faut combattre la tentation du repli et de l'isolement. Afin de lutter contre mon agoraphobie pathologique, je me rends au Kleindorp à la nuit tombante. Pour rencontrer Jean, bien sûr, mais aussi pour ne pas m'enterrer définitivement dans une amère claustration.

Le 6 août 1945 est encore un jour de sinistre mémoire. Nous buvons un verre de *pain liquide* dans la tiédeur du crépuscule. Affalé dans sa chaise orthopédique, Jean savoure la brise dans son jardinet. Quant à moi, j'ai installé mon siège près du pas de porte, tournant le dos au désordre de la pièce. Jean n'a ni l'envie ni les moyens de s'offrir les services d'une femme de ménage qui donnerait un air *catholique* à son intérieur : l'almanach des repas de la semaine jonche la table, l'évier déborde d'une vaisselle nauséabonde, et les rayonnages de la bibliothèque ploient sous le poids des ouvrages qu'il a gardés. Quand il me dit *ça débarrasse !* en parlant des livres qu'il m'a donnés, ce n'est pas une simple formule…

Devant la maison, le potager s'étend jusqu'à la route qui le sépare du champ de blé bruissant de brise estivale, propriété — parmi tant d'autres — des Richart. À moins de deux cents mètres au nord, nous apercevons les longues étables de la ferme en L où habite le couple, écrasant la masure attenante de la vieille Émilienne Richart, locataire à crédit, selon les mauvaises langues. Suivant le regard de Jean, je distingue l'ovale de la porte cochère et l'alignement des fenêtres en demi-lune trouant la dépendance de briques sombres. Derrière la propriété, l'ombre moutonneuse du bois de la Becque souligne l'horizon ; la chasse gardée du comte…

La TSF crache des informations nasillardes. Nous écoutons sans un mot le bulletin du soir. Enola Gay a donc largué la première bombe atomique de l'histoire et une ville japonaise, dont nous n'avons pas encore retenu le nom, a été rasée ; la mort, passage obligé pour la postérité…

Je n'ai plus la force d'épiloguer. Sur quelle planète sommes-nous donc nés ? En une seconde, des hommes, des femmes, des enfants, des chats, des chiens, du bétail, des plantes, des insectes, ont été soufflés comme le vent éteint une bougie. Des centaines de milliers de vies vitrifiées par l'atome, car cette guerre ne peut se terminer que dans une apocalypse finale, un effrayant bouquet pyrotechnique éclaboussant ses propres vainqueurs de son ignominie.

On ne peut punir le mal, qu'au moyen du mal…[12] commente sentencieusement Jean, les yeux fixés sur les champs mûrs, en ponctuant sa citation de son gloussement habituel. Comment a-t-on pu en venir là ? Comment des hommes ordinaires se réclamant de valeurs confuses ont-ils pu décider

---

[12] « On ne peut punir le mal qu'avec le mal, c'est l'origine de notre malheur. » Simon Vestdijk.

la mort de dizaines de milliers d'enfants ? Ceux qui prétendent combattre le mal peuvent-ils revendiquer le bien à ce prix ? Dresde, Berlin, Tokyo, maintenant Hiroshima et bientôt — nous l'ignorons encore — Nagasaki. Les populations payent le forfait d'être nées dans le mauvais camp. Hantant mon esprit imbibé, les ruines fumantes parsèment la planète comme les gigantesques empreintes de Satan sur le monde…

À la radio, la musique succède aux informations. Le cœur au bord des larmes, j'écoute la mélodie du chant des Partisans : *Ami, entends-tu le vol noir des corbeaux sur la plaine…* Le vent du soir fraîchit sensiblement, apportant peut-être quelques cendres des enfers. Quelque part, un chien hurle. Il me vient alors cette conviction maintes fois ruminée : un crime sans coupable… La guerre est-elle vraiment une singularité où les lois morales perdent leur vigueur, métamorphosant les tueurs en héros, leurs victimes écrasées sous leur propre multitude et dépossédées de la reconnaissance de leur martyr dilué par de lugubres mathématiques ? *Ami, entends-tu ces cris sourds du pays qu'on enchaîne…* D'un geste brusque, j'éteins le poste. Tendu, les mains refermées sur les roues de son fauteuil, Jean oscille doucement, berçant sa douleur, *L'Éthique* de Spinoza sur les genoux. Les yeux brillants derrière ses bésicles circulaires, il surveille les alentours de son hameau transi et impassible, figé dans le silence où crépitent quelques déflagrations lointaines de fusils de chasse que l'on écoutait même plus. Il le rompt d'une insolence :

— Finalement, mourir sous les engins incendiaires ou sous la bombe atomique, quelle différence ?

Je secoue la tête : entre Tokyo[13] et Hiroshima, ne pas choisir.

— La différence tient à la surprise.

Jean saisit la bouteille et se sert en grommelant :

— Pour eux, il aurait mieux valu un ciel vide.

Je ne ris pas à sa triste boutade. Il fait un demi-tour de roue pour s'approcher de moi, se frotte les mains comme Pilate puis vide son verre d'un trait. Il brandit son *Éthique* :

— Spinoza a écrit : *le mal est le résultat d'une comparaison.* Je me morfonds sur ma chaise parce que j'ai marché un jour !

Il m'épie, les pupilles dilatées par les verres comme celles d'un chat dans la nuit :

— Vous par exemple, m'sieur Georges. Si vous n'aviez connu que votre camp polonais, vous vous y seriez peut-être attaché ! Spinoza et saint Thomas, même combat !

Il hésite, bafouille. Saint Thomas lui échappe :

— Que disait saint Thomas ? Oui ! *Le mal n'est que l'absence de bien.* Encore mieux ! Ces gens n'ont jamais reçu une balle.

Il se sert encore. Comme la lucidité de mon ami, le paysage s'est assombri. Je lui demande doucement :

— Jean, parmi tous les livres que tu m'as donnés, par lequel commencer ? Où trouver un début de réponse ?

Il grimace avant de prononcer d'une voix pâteuse :

---

[13] En 45, un pilonnage a détruit Tokyo ; ce bombardement « classique » a occasionné la mort de cent mille personnes. Soit plus qu'à Hiroshima ou Nagasaki par l'arme atomique.

— Comment le saurais-je ? Nous les étudions tous à la faculté. Il est tellement plus simple de ne pas choisir. N'en attendez pas trop... Les livres ne sont pas des mines à ciel ouvert ! Ce ne sont que des batées à pépites ! Vous y trouverez toujours plus de questions que de réponses. Mais c'est mieux comme ça... Quand le livre se termine, le dernier mot revient toujours au lecteur.

Les lampes se reflètent dans ses lunettes. Il ricane trop fort :

— Mais si Platon avait eu une vision des deux mille cinq cents ans qui se préparaient, il se serait suicidé avec Socrate !

L'alcool l'excite. Son ironie devient sarcasme. Je réponds calmement :

— La recherche du coupable est peut-être une énigme mal posée. Le débat ne porte sans doute pas sur qui, Jean, mais sur quoi ?

À mon cœur défendant, je succombe une nouvelle fois à la tentation de la confidence :

— *Le mal est le résultat d'une comparaison...* Il y a peut-être du vrai dans les écrits de Spinoza. Avant d'être affecté au laboratoire, je travaillais au *Kommando Kartoffeln.* Il fallait transporter des sacs de vingt-cinq kilos de pommes de terre en courant. Celui qui marchait était frappé, celui qui tombait était éliminé. Parfois les SS les achevaient sur place : un coup de pistolet à bout portant dans la tête. Certains gardes s'amusaient à tirer au fusil des miradors ou des fenêtres. Les crânes explosaient comme des pipes de foire. Nous devions alors ramasser à toute vitesse le cadavre et la cervelle répandue… Ah, il fallait voir les camarades, décharnés, exténués, hors d'haleine, courant comme des écoliers dans une récréation ! La mort aux trousses.

Je reprends un instant ma respiration avant de poursuivre :

— Un jour, nous avions travaillé depuis plus de dix heures d'affilée. J'étais arrivé au bout de mes forces. J'ai tenu… tenu, attendant le coup de sifflet signifiant la fin de la journée. Il ne venait pas. Alors, d'épuisement, je me suis écroulé sous mes pommes de terre. Incapable de bouger, le nez dans la boue, j'ai renoncé. J'entendais mes compagnons m'exhorter à me relever. Ensuite, leurs prières ont cessé et, dans un brouillard, je vis deux bottes de cuir lustré s'immobiliser à quelques centimètres de mon visage. *Stehe auf !*[14] Je n'ai pu bouger, acceptant l'inévitable. Le cliquetis d'un pistolet tout près de mon oreille précéda la froideur du métal sur ma tempe. Je suis resté allongé, j'ai juste fermé les yeux pour ne pas voir la flaque où allait se répandre ma cervelle. C'est alors qu'une voix s'esclaffa : *Laß ihn, jener, zurück…*[15] puis une autre ricana : *Schwein* ![16] La tête dans la fange, j'ai regardé les deux soldats s'éloigner. L'un rangeait son arme, l'autre jacassait en riant. Je me souviens également du coup d'œil inexpressif de leur chien : l'animal considérait que je n'existais plus.

L'air me manque et je marque un autre silence. Jean écoute en roulant son verre entre les mains. Je reprends :

---

[14] Relève-toi !

[15] Laisse-le, celui-là…

[16] Porc !

— Pourquoi m'ont-ils laissé la vie sauve ? Parce que je parlais allemand, hasardé-je, parce que j'avais été infirmier ? Peut-être juste pour exhiber leur pouvoir : décidant de la vie et de la mort, les dieux éructaient leur commandement nihiliste : *Hier, das ist nicht warum !*[17] Alors, comment te dire combien j'ai aimé le soldat à qui je devais la vie ? Je l'ai aimé comme jamais je n'ai aimé, à lui lécher les semelles de ses bottes, à devenir son esclave. Je le vois encore s'éloigner en devisant gaiement en compagnie de celui qui voulait m'achever, ma carcasse sans force allongée dans la boue, reconnaissante jusqu'à l'adoration de ce supplément de goulées d'air qu'il avait bien voulu m'accorder. Oui, je l'ai aimé comme on aime un dieu.

Je termine dans un souffle :

— Ensuite, je fus affecté au Bloc 10 : activités médicales. Au début, ce fut un soulagement : plus de sacs à porter, plus de cervelles explosées. Mais, quand je réalisais avoir été muté dans un laboratoire d'expérimentation, j'ai regretté les *Kartoffeln* : j'aurais préféré mourir sur le chantier. Spinoza n'a pas totalement tort : les comparaisons s'imposent toujours.

Je me tais. Les images du sinistre hôpital défilent. Puis apparaissent deux visages en miroir. Les carreaux de Jean me scrutent. Il termine la bouteille sans me servir. Contrarié d'être une nouvelle fois embourbé dans le pathos, je conclus :

— Pour moi, la guerre n'est pas finie. Je l'entends, je la sens, je la vois : les coups de feu des chasseurs du bois de la

[17] Ici, il n'y a pas de pourquoi.

Becque me terrorisent autant que les tirs allemands… Quand je me promène dans la campagne, j'ai envie de fuir en courant à tout instant. Si mes jambes ne me trahissaient pas.

Mon ancien élève opine, les yeux dans le vague, rote sans vergogne. Puis il me lance d'une voix chargée :

— En effet, m'sieur Georges, la guerre n'est pas finie… à propos, j'ai quelque chose pour vous.

Poussant sur les roues de son fauteuil, il entre dans la maison, farfouille dans le capharnaüm de sa bibliothèque et revient vers moi en butant sur les cadavres de bouteilles. Il me tend un pistolet rutilant. Son expression prend une gravité épaisse :

— Un souvenir… Voilà de quoi vaincre vos démons.

Je ne saisis pas l'arme qu'il me tend et secoue la tête. Il pâlit comme si je l'avais insulté, la main inflexible. Ses yeux brillants me tancent avec insistance. Je me résous à prendre le pistolet en songeant qu'il sera mieux chez moi que chez lui. C'est une arme allemande dont la provenance ne fait aucun doute. *On ne peut punir le mal qu'au moyen du mal*, la phrase de Jean résonne dans le chaos de cette cuisine. Avec répugnance, je fais disparaître le pistolet dans ma poche et reprends d'un ton détaché :

— Spinoza pourrait revoir sa copie : « *Le bien est le résultat d'une comparaison.* » Tu vois, Jean, l'histoire humaine est remplie de ces quelques respirations dans l'horreur qui permettent aux optimistes invétérés de garder leur foi absurde.

Jean grimace un sourire pathétique. Sa chaise vibre :

— Belle illustration de la phrase de Spinoza, m'sieur Georges. Enfin… de son contraire : les hommes sont d'une telle souplesse qu'ils remercient leurs tortionnaires d'accorder une fin à leur supplice ! Comme ils remercient Dieu des épreuves qu'Il leur inflige. Voilà une superbe explication métaphysique de la torture : un chemin vers le Panthéon.

Il mime la crucifixion en écartant les bras. Je détourne les yeux et réponds avec lassitude :

— Maintenant, voilà l'atome ! Nous vivons à une époque qui a l'immense mérite d'avoir inventé le mal industriel… Le siècle des armes innovantes ! Les crimes n'ont même plus besoin de coupables ! L'apocalypse au bout du doigt !

Très agité, Jean bafouille :

— Exact, m'sieur Georges ! Alors, vous savez pourquoi Dieu est mort au vingtième siècle ? Hein ? Il n'a pas survécu à Nietzsche… ni aux deux guerres mondiales…

Son visage se crispe ; son regard se détourne et se braque au loin sur la ferme des Richart. Nous apercevons une maigre silhouette pressée traverser la cour. J'identifie Marcelle à son fichu qui lui dessine une aigrette d'oiseau. Elle s'attarde quelques secondes à caresser son chien. Puis elle ouvre la lourde porte avant de disparaître dans l'obscurité de son étable. Derrière moi, l'horloge égraine ses vingt et un coups.

La voix de Jean siffle :

— Six heures le matin, neuf heures le soir ! À croire qu'elle est mue par une pendule… Elle jaillit de sa maison à pas pressés comme un coucou. Pendant une demi-heure, elle trait ses vaches, nourrit ses cochons… Ce n'est pas une femme, c'est un automate !

Automate… Je reste silencieux, à me demander si nous ne sommes pas tous les rouages dociles animés par une machine monstrueuse. Le visage de Jean s'est durci d'un masque que je ne lui connais pas. Je m'étonne :

— Elles ne sortent jamais, ces vaches ? C'est pourtant la saison des prés…

— Ah ! pouffe Jean, ils ont bien trop peur des maraudages ! Vous savez, m'sieur Georges, depuis l'Occupation, ici, c'est comme au *far-west* ! Les gens ont tellement faim qu'à la nuit tombée, ils vont voler des steaks dans les champs ! Les Richart ont peur pour leur cheptel !

Je pense aux commentaires d'Yvonne à propos des abattoirs clandestins et demande :

— Elle vient toujours elle-même encaisser ton loyer ?

Jean ricane dans un relent de bière :

— Elle venait, rectifie-t-il. La mégère devient fébrile à l'échéance. Jusqu'à l'accident, elle passait le jour même ! À la première heure, comme si elle avait faim ! Si je lui disais ne pas avoir encore touché ma bourse, elle repassait chaque jour jusqu'à ce que je puisse payer… Jamais une parole aimable ; elle faisait irruption ici en terrain conquis, m'apostrophait comme si elle parlait à son chien. Non, m'sieur Georges, cette harpie est gentille avec son chien !

Jean fronce les sourcils :

— Mais depuis mon accident, elle ne vient plus… Je suppose que cela la gêne. Elle attend peut-être les décrets sur la pension des invalides de guerre !

Je détourne les yeux de son corps cassé, tellement désolé. Tous ces penseurs, ces théoriciens, savaient-ils de quoi ils parlaient ? Le mal s'expérimente… Les discours valent pour les plus chanceux ; pour les autres, il n'y a que le *cri*… Désormais, la nuit enveloppe la campagne. Nous ne voyons plus que des lumières falotes dans l'étable des Richart, occultées épisodiquement par l'ombre de sa propriétaire : Marcelle œuvre dans l'obscurité de la dépendance. J'envie un instant sa subordination pragmatique au monde. Heureux les simples d'esprit car ils ne verront jamais le diable. Nous restons muets, tout à notre méditation. Parfois, la tête de Jean plonge pour reprendre instantanément son observation. Au bout d'une demi-heure, comme il l'avait prédit, la fermière sort de l'étable, referme sa porte. Puis la silhouette franchit une seconde fois la cour, fêtée par son molosse. Les aboiements traversent la campagne silencieuse. Elle disparaît dans l'aile de sa maison tandis que le chien retourne à sa niche.

Jean fait volte-face et se tourne vers moi. Je m'interroge : pourquoi reste-t-il ici à ressasser ses haines en tentant de régler des comptes inextricables avec son passé ? Mon élève a grandi selon les principes catholiques : tous les actes de sa vie estampillés de la foi judéo-chrétienne, comme les rues du village gravitaient autour de l'église Saint-Éloi. Jusqu'à ce mariage avec Gisèle préparé pieusement… Aujourd'hui, dans sa fougue d'homme foudroyé, Jean s'emploie à renverser ces valeurs traîtresses. Et cela nous rapproche.

Oui, et Dieu ? Que peut-il rester de cette idéologie fantasque rendant grâce à un Créateur miséricordieux, responsable, dès lors, de tant de douleurs ? Les penseurs avaient pratiqué de grands écarts philosophiques pour résoudre cette difficulté qui ôtait toute possibilité de lecture de l'univers. Ils avaient dépensé des trésors d'ingéniosité : un péché originel pour accabler l'homme et dédouaner son Architecte — *le meilleur des mondes possibles* — ou encore, cette merveille de la philosophie spinozienne réduisant le mal à l'illusion d'une comparaison.

Jean manœuvre sa chaise et remplit les verres. Je le regarde s'agripper à ses roues comme un cul-de-jatte. Un souvenir me revient comme une bulle remonte de la vase :

— Un jour, j'ai proposé à ta classe de raconter une bêtise, un écart de conduite. Une faute commise ou imaginée, peu importe. L'essentiel n'était pas de savoir quel était le coupable mais quel méfait vous alliez choisir. Tu te souviens ? Tes camarades ont raconté une désobéissance, un mensonge, une tricherie, un devoir non fait… Tu es le seul à avoir imaginé une faute non punissable : tu avais brûlé des fourmis avec une loupe. Il ne s'agissait pas d'une insubordination. Tu avais choisi un péché non inscrit par une autorité.

Il rompt son silence d'une voix pâteuse :

— Alors, pour vous, c'est ça ? Les hommes sont incapables d'une interprétation personnelle du bien et du mal ? Ils sont trop paresseux pour concevoir une éthique, et se contentent d'une morale dictée ? Et vous pensez qu'ils ont inventé Dieu pour légitimer leur loi par une autorité suprême ? Il faut bien que la souffrance soit une punition pour qu'elle ait un sens.

— Oui. Ils ont besoin d'un père pour être punis.

Mais pourquoi Jean reste donc ici ? me demandé-je encore. À s'enterrer dans un monde étroit hérissé de certitudes ; à ruminer une vie cassée à loyer dérisoire. Sa place était à la Sorbonne, à interpeller le monde, à rire, à pleurer avec des jeunes gens libres et brillants, et non dans ce village labouré par l'ennui.

— Vous-même, m'sieur Georges, n'aviez pas d'autre discours, à l'époque ! Vous disiez toujours que c'était pour notre bien ! Pour notre avenir ! Même les punitions ! Vous n'iriez pas me prétendre le contraire, hein ! Vous pensiez que la souffrance était le moteur du progrès, une sorte d'aiguillon qui empêche l'être humain de s'endormir comme un âne paresseux…

Je soupire :

— Le progrès ! La belle affaire, je n'y crois plus ! Une sorte de théodicée sans dieu… Le nouveau fantasme moderne : un autre Au-delà, tourné vers le futur celui-là…

Son fauteuil oscille. À ses pieds, les cadavres de nos bouteilles traînent dans la terre. J'ajoute :

— L'âne ne travaille pas pour lui… L'aiguillon est rarement tenu par celui qui est piqué.

Jean réfléchit un instant. Puis il exhibe ses dents dans un sourire glacial :

— Très juste, m'sieur Georges, mais parfois l'âne se rebiffe !

Il est tard quand je prends congé et m'enfonce dans la nuit profonde en songeant qu'il lui faut toujours avoir le dernier mot. La froideur du métal de l'arme battant sur ma cuisse accroît la confusion de mes sentiments.

Lire, écrire. Parvenir à retrouver un peu d'ordre dans le chaos des idées et la confusion de mon âme, pour tenter une lecture rationnelle de ces années sombres.

Comprendre, je vous ai promis... Par quoi commencer ? Les hurlements d'un nouveau-né, la tête inclinée d'un vieillard, les éructations d'une jeunesse ivre de puissance... Le mal est aisé, il y en a une infinité, le bien est presque unique, soupirait Pascal. Le mal... Non point une singularité, mais bien une évidence prête à jaillir pour nous éclabousser de ses excès, de ses privations, de ses souffrances, de ses haines. Une hydre transformiste tellement multiple dans ses natures, tellement démesurée et excessive dans ses manifestations, qu'il ne faut pas s'étonner de la tentation métaphysique à diviniser cette force devant laquelle tout paradis semble bien modeste.

Comprendre... Oui... Je regarde tous ces ouvrages de penseurs attachés à expliquer l'économie du monde. Que savaient-ils du mal dans la chaleur de leur bibliothèque, sous la protection des moellons de leur église ou de leur synagogue ?

Bien sûr, pouvaient-ils imaginer qu'un jour on inventerait les mots génocide et nucléaire, gazant toutes ces théories cohérentes dans un autodafé crépusculaire ?

Platon, Épicure, chrétiens, athées, sceptiques, cyniques... Les rires et les sanglots d'une délibération sans fin de cent vingt-huit livres : Jean n'avait pas cherché la sélection. Dans sa générosité, il s'était retranché derrière la neutralité du libraire. Je ne lui donnais pas tort : il n'y a pas d'enseignement impartial. Mais l'abondance me paraissait bien suspecte : tous ces efforts inlassables ne cachaient-ils pas leur échec ? Pourtant, il fallait m'y jeter à corps perdu, comme on entre dans une forêt, sans souci d'itinéraire, sachant que l'important n'était pas ce qui s'y trouvait, mais bien ce que j'y découvrirai.

Et je l'avais promis à vos deux âmes jumelles.

5

Obscurcis par ce persistant sentiment d'insécurité, cadencés de nuits consolatrices, les jours d'été se succèdent aux jours d'été et blondissent la plaine. Peu à peu, ma phobie du soleil et de l'espace s'atténue pendant les sorties thérapeutiques que je m'impose entre chiens et loups. Sous le soleil radieux de Flandre, j'éprouve un paradoxal sentiment de captivité et cette existence clignotante menace ce qui reste de ma raison. En revanche mon corps récupère un peu de forces. Mi-août, je parviens à marcher sans cannes. Mon estomac parvient modérément à assimiler la cuisine riche et rustique du terroir. Avec les encouragements vigilants d'Yvonne, ma silhouette s'étoffe un peu.

Les longues journées s'écoulent ainsi, conformes les unes aux autres, entre lecture et écriture ; admiratif et frustré, je contemple le mur de livres comme on admire une montagne inaccessible. Un matin sur deux, Augustine vient mettre de l'ordre dans mon antre. Elle ne parle plus de Paul. Je préférerais qu'elle s'épanche. Le week-end, sa radieuse nièce prend le relais. Il m'arrive de lever le nez de mon ouvrage, de déchausser mes lunettes, histoire de la voir un instant traverser l'espace comme ces oiseaux trop rapides qui n'offrent qu'un frou-frou d'ailes et un sillage fugace.

Le soir, avec la complicité du crépuscule, j'accompagne Jean dans ses beuveries vespérales et consolatrices en abattant les murs en ruines du monde.

Certains midis, je reçois les visites d'Hervé. Avec lui, les discussions n'ont rien de philosophique. Engoncé dans son uniforme de sous-officier une demi-taille trop petite, il s'attable dos à la cuisinière. Il partage ma soupe et mes tartines, en sollicitant de son ancien instituteur quelques conseils pour régler tous ces conflits dont le microcosme rural ne saurait se passer (à croire qu'il trouve dans ses discordes le moyen d'échapper à son vide existentiel). Cela a le mérite de me distraire.

Nous sommes le 16 août. À son tour, une autre ville japonaise est rayée de la carte et l'Empire du Soleil Levant vient de capituler. La veille à l'église, le village a célébré le mystérieux anniversaire de la Sainte Vierge et rendu grâce de la fin du conflit. *Heureux les héros de cette guerre car ils verront Dieu.* Pour que la fête soit complète, mes villageois ont assisté à quelques combats clandestins de coqs. Parfois, dans les greniers des blocs, les SS organisaient des combats de Juifs… Je me suis abstenu.

La matinée est radieuse et je fais l'effort de prendre mon déjeuner assis au milieu de mon jardinet à l'ombre des troènes, dans le charivari insouciant des passereaux. Soudain, Hervé s'encadre dans l'embrasure de la porte, silhouette trapue surmontée d'un képi trop petit :

— Bonjour, Hervé. Entre !

C'est une invitation superflue puisque, depuis toujours, ma maison reste aussi ouverte qu'un moulin. Je n'ai jamais opté pour le cerbère obligé des cours de ferme. Avant la guerre, les enfants allaient et venaient chez moi comme dans une annexe de la cour de récréation.

— Bonjour, m'sieur Georges ! Comment allez-vous aujourd'hui ?

Le ton est piteux. Je constate sa mine ronde et déconfite :

— J'ai l'impression que c'est à toi qu'il faut poser la question. Je me trompe ? Café ?

Il souffle en roulant des yeux :

— Merci M'sieur George ! C'est pas évident… Rien de grave, enfin… Juste embêtant. *Les Richart* ont déposé plainte… Enfin, surtout *La Richarde* : le vieux Noël l'aurait traitée quand elle est venue lui réclamer son loyer.

— Traitée de quoi ?

— Vache. M'sieur Georges.

En d'autres temps, l'incident m'aurait amusé. Il souffle :

— Oui… Vache, m'sieur Georges… C'est ce qu'il a dit…

— Cela ne paraît effectivement pas bien grave, Hervé ! *Vache* n'est pas méchant. Combien d'élèves ont pu se dire que j'étais vache ?

Les joues d'Hervé se mouchettent de rose violacé :

— Oui… Enfin non, m'sieur Georges. La phrase exacte de Noël est : *"Vous ne valez pas une seule de vos vaches !"* Et m'sieur le maire insiste pour que le Parquet donne suite… Vous voyez : c'est pas évident…

— Au Parquet ! Pour une boutade ? Vaches ? Mais le juge en a d'autres à fouetter, tu ne crois pas ?

— Oui…

Petit *oui* sans conviction. Ce matin, Hervé semble inaccessible au bon sens :

— Oui, m'sieur Georges, mais, du coup, elle l'a menacé de revenir avec son chien pour l'expulser… Et vous savez ce qu'il a répondu, Noël ? Il a répondu qu'il l'empaillerait ! Alors elle lui a dit qu'il pouvait commencer à ranger ses affaires… et Noël a tiré quand elle lui a tourné le dos…

Je le regarde, interdit. Il secoue la tête :

— Oh, il a un simple fusil de chasse. Et vous connaissez Noël, il ne l'a certainement pas visée. Mais elle avait le dos tourné.

— Ah ! Noël a tiré dans le dos de *La Richarde* ! Tu dis tout au compte-gouttes, Hervé !

Il gémit :

— Le pauvre vieux jure avoir tiré en l'air, pour lui faire peur ! Mais elle a déposé plainte pour tentative d'assassinat ! Il a fallu que ça tombe sur moi !

Le coup de feu dépasse le cadre d'une querelle de village. Marcelle est influente…

— Crois-en mon expérience de vieil instituteur : les ennuis viennent toujours des mêmes et tombent toujours sur les mêmes !

Le gendarme en herbe proteste :

— Mais Noël a une retraite de misère, il a juste de quoi se nourrir ! Et elle veut l'expulser ! Comme si cette mégère ne pouvait pas se passer de ces quelques francs de loyer !

Marcelle… La mégère… Hervé se laisse aller à un parti pris bien peu professionnel. Mais tout de même, quelle chose étrange, la totale indifférence de cette femme à l'opinion des autres : harceler un pauvre bougre qui monologue en permanence, un solitaire entouré d'animaux pétrifiés… Veut-elle se suicider dans la haine de ses concitoyens ? Sa philosophie de l'existence se limite-t-elle à celle de son chien de combat, où tout sentiment n'est qu'enfantillage et strictement circonscrit au périmètre de sa cour de ferme ?

L'amour de l'argent conduit-il à la folie ? Où tout cela va-t-il la mener ? Je me pose la question comme ça, par réflexe intellectuel, en acceptant cette diversion à mes propres tourments, mais sans la moindre intuition du drame qui se trame.

Je hasarde :

— Laisse décider le Parquet… Tu diras un mot au juge… Évidemment, le maire et *La Richarde* vont peser…

En débitant mon conseil *raisonnable*, je réalise combien le courage fait défaut à Hervé. La raison n'est-elle qu'une perpétuelle allégeance à la réalité ? L'Histoire n'est-elle pas faite de tous ces renoncements laissant le champ libre aux tyrannies médiocres et infâmes, et à leur cortège de lâchetés ? La puissance du tyran réside dans les complicités qu'il suscite. Je pense au vieux Noël terrassé par la guerre, puis par cette vieillesse fâchée et discoureuse, impuissant de pauvreté devant la loi de *La Richarde*… Je songe à Jean, cloué sur son fauteuil, maudissant son infirmité qui l'empêche de se dresser une bonne fois pour toutes contre la muflerie de sa propriétaire…

Ma fibre politique se met alors à vibrer et je prends une décision sans en mesurer les conséquences :

— Bon. Je vais aller la voir. Pour qu'elle abandonne sa plainte, je lui proposerai un arrangement. Elle m'écoutera si je lui parle de loyers.

Mon ton doit manquer de conviction. Hervé lève vers moi une bouille ronde marquée de soulagement et de scepticisme. J'ajoute pour le rassurer sur mon passage à l'acte :

— Oui, je vais même aller la voir aujourd'hui.

Je lis dans son regard l'image de mon déclin. Ainsi, mes anciens élèves eux-mêmes me pensent fini… Bien sûr, mon discours mal assuré reflète mes propres doutes, mes anxiétés du jour, mon angoisse de la lumière, ma phobie de l'espace. S'ils apprenaient ma douleur de l'anodin, les gens me croiraient fou : qu'un enfant ait peur de la nuit, passe encore, mais que penser d'un homme craignant le jour ?

C'était une démarche sans illusions, destinée à me donner bonne conscience envers ces gens. Hervé finit son café d'un air préoccupé, remercie et part rapidement. Il vient à peine de disparaître que je le rappelle à tue-tête :

— Hervé, ton képi !

Il revient en bredouillant comme au temps où je lui faisais la leçon : « Hervé ! Un jour tu oublieras ta tête… »

Je n'exécute ma promesse que le lendemain matin, après une courte nuit peuplée d'échos sinistres.

Je me lève avant l'aurore. Je prends la route au lever du soleil. Chaque pas me coûte. Le regard fixé sur le pavé, je m'efforce de me protéger de cette lumière rasante qui envahit l'horizon. Je me concentre sur les ornières du chemin. Le vent de la plaine soufflant d'ouest me coupe la respiration. Il me ramène du bois de la Becque les échos de détonations lointaines et les hurlements imaginaires des bêtes foudroyées. La conscience chancelante, le pas zigzagant, courbé, la tête dans les épaules comme une cible affolée, j'approche de mon but. Au cours de mon cheminement laborieux vers le Kleindorp, je prends la mesure de mon échec d'enseignant. Hervé, tête de linotte et maintenant gardien de l'ordre ! Avec quelle naïveté j'ai pensé élever les petits quand il s'agissait de les formater pour leur immersion dans la férocité du monde en les préparant à l'uniforme ! Quel aveuglement de ne pas avoir compris plus tôt l'antinomie couverte par l'hypocrisie des discours. Pas éducateur, juste instructeur…

Je parviens à hauteur de la chapelle des Sept Douleurs. Deux marronniers noueux encadrent la construction de briques blanches. Avec le temps, l'ensemble s'est intégré de telle sorte que personne ne pourrait dire si la chapelle a été construite entre les deux arbres ou si au contraire les plantations sont postérieures. Je souffle quelques minutes et m'appuie contre le bâtiment isolé. Un brouillard humide estompe la vague des monts. Au loin, j'aperçois la silhouette de Marieke se hâtant vers la gare. Sa longue jupe volette tandis que l'accorte infirmière sautille sur le chemin de terre. Elle ne me voit pas et disparaît dans le halo doré de l'aube. Reprenant ma route, je dépasse la fermette de Jean, tout en me promettant de lui rendre visite au retour. J'emprunte le chemin vicinal menant au bois de la Becque dont je vois la lisière derrière la propriété de Marcelle et d'Albert. Obsessionnel, le couplet des Partisans me tourne la tête : *Ami, entends-tu le vol noir des corbeaux sur la plaine…*

Les blés soupirent au vent bruissant attisant mes vertiges. Ces deux cents mètres accidentés m'épuisent. L'horizon m'appelle comme le vide attire celui qu'il terrorise. Alors, c'est ainsi ? Je suis condamné à n'être bien nulle part, la Terre n'est plus pour moi qu'un espace hostile comme l'infini qui effrayait Pascal. *La haine à nos trousses et la faim qui nous pousse, la misère...* Mais qui me poursuit ? Quel démon me fait trébucher sur les touffes de ce chemin et glisser sur sa terre encore un peu humide de rosée ?

J'atteins enfin le flanc de l'imposant corps de ferme. Pas question d'emprunter la cour et d'affronter son molosse. La façade latérale de briques est trouée de fenêtres parcimonieuses. Je frappe. Pas de réponse. J'entrouvre et passe la tête dans la salle commune. L'atmosphère y est surchauffée par un vaillant feu de cheminée face à l'entrée. Un fauteuil à sel lui fait face. Une dizaine d'assiettes s'alignent sur son linteau. Les murs de la pièce sont encombrés d'ustensiles en cuivre et de trophées de chasse. Le buffet vitré à corniche galbée abonde de bibelots rangés au millimètre. Au fond, le coin évier avec sa pompe à eau. Sur la table paysanne, de la vaisselle rutilante a été soigneusement disposée. Une horloge vénérable au bois patiné cliquette et rassure. L'ensemble respire l'ordre et la propreté tatillonne.

Je sors. Il doit être environ sept heures. Me souvenant de la remarque de Jean sur la rigueur chronométrique des activités de Marcelle, je contourne l'habitation et pénètre prudemment dans la grande cour. La porte de l'étable est grande ouverte. Tout semble calme et je n'entends que ma courte respiration. Du coin de l'œil, je remarque le rideau légèrement écarté à la fenêtre d'Émilienne, dévoilant une ombre sentinelle. *Elle traite mieux ses vaches que les gens !* Derrière moi, depuis son jardinet, Jean plisse probablement des yeux étonnés… Ceux qui n'ont jamais vécu dans un village n'imaginent pas la surveillance exercée par tout à chacun : le crime parfait y est impossible.

Je remarque l'avertissement rouillé de lettres capitales : CHIEN MÉCHANT. Au moment où je pose le premier pied dans la cour, le berger jaillit de sa niche : ses aboiements couvrant le cliquetis de sa chaîne. Je bats en retraite. Aussitôt, la propriétaire des lieux sort de la grange, un seau à la main, et glapit un ordre qui fait taire son molosse :

— Roste[18] ! Suffit !

Je recule d'un pas. Nous nous observons en silence : moi, oubliant jusqu'à la raison de ma présence, le malinois roux, arc-bouté au bout de sa longe métallique, et Marcelle me fixant de ses yeux étonnés. La fermière porte une blouse constellée d'amples fleurs mauves. Sous le menton, le nœud de son fichu rouge serré à la défigurer, pend en deux cornes bizarres. Elle me dévisage avec une expression revêche qui ne doit rien à celle de son chien. Il y a des lieux communs auxquels on n'échappe pas.

— Tiens, m'sieur Georges. C'est pourquoi, à ct'heure ? dit-elle enfin.

Le ton est sarcastique, condescendant. La muflerie de la femme me désempare. Par où commencer ? La respiration laborieuse, l'esprit saoulé de vent, les jambes lourdes, je comprends que mon ascendant d'instituteur du village n'est plus qu'un souvenir.

---

[18] Roste : roux, en flamand.

— Je viens vous parler de Noël, articulé-je en forçant la voix, en proie à une pénible impression d'impuissance : mes arguments auraient autant de poids sur le chien que sur sa maîtresse.

— Noël ? Et quoi ? lance-t-elle en écartant le fichu de son oreille.

Sous la tension du tissu, son visage prend une asymétrie caricaturale. J'hésite. Je me suis attendu bien naïvement à m'asseoir devant elle et à développer mes arguments. Mais là, debout sous ce ciel qui me pèse, au milieu de cette plaine peuplée de corneilles en deuil, au bord de cette cour hostile, mon discours me reste bloqué au fond de la gorge. J'amorce enfin un pitoyable plaidoyer :

— Noël est un pauvre bougre…

— Eh ! Est-ce que cela vous r'garde, monsieur l'instituteur ? Toujours à vous donner le beau rôle, hein ! D'abord les bons à rien ! V'là-ti que vous défendez les assassins, maintenant…

— Mais Noël n'est pas un assassin, voyons…

— C'est un mauvais payeur et un assassin ! Dites que je mens. Vous venez chez moi pour m'insulter ! Vous allez me tirer dessus aussi ? Rentrez chez vous, sinon vous vous expliquerez avec le chien !

— Pour l'argent, je voudrais vous proposer…

Elle me tourne le dos et les fleurs mauves disparaissent dans l'étable. Déjà, sa silhouette grêle a rejoint les ballots de paille dans le bruit métallique de ses ustensiles, et je reste là, planté devant le molosse menaçant, avec ce sentiment brisé de ne plus être qu'un vieillard impotent. L'entretien est terminé et ma proposition financière déléguée au malinois, pattes écartées sur le pavé, les oreilles baissées, les canines découvertes et les yeux injectés… Marcelle s'active parmi ses vaches invisibles. J'entrevois fugitivement le visage gris d'Albert à l'une des fenêtres de l'habitation.

Il me faut partir… Depuis longtemps, l'héroïsme a déserté mes fantasmes. La bravoure ne triomphe de rien. J'ai pleuré avec trop de gens perdus comme des nouveau-nés après avoir épuisé tous leurs courages. Las et impuissant, je me replie sans gloire chez Émilienne qui n'a sans doute rien perdu du spectacle.

La masure d'Émilienne se limite à une pièce sombre encombrée de bibelots sans âge, poupées amputées, bouquets séchés presque désagrégés et animaux empaillés comme ce chat blanc naturalisé par Noël, le poil en bataille, le dos rond, la queue dressée et la gueule belliqueuse. *Elle ne se laisse pas faire, ma Minette…*

La vieille m'offre une cerise à l'eau-de-vie. Je lui raconte l'histoire de Noël et mon échec à calmer les esprits. Comme tous les vieux, je me prends à soupirer aux temps passés :

— Ah, Émilienne ! C'est bien fini l'époque où nous réglions nos affaires entre nous au village. Maintenant, on appelle les forces de l'ordre pour un oui ou pour un non ! Mais l'énergie me fait défaut. Je manque d'air au bout de deux phrases et la marche m'épuise en quelques minutes. On me regarde avec pitié, plus avec respect.

L'octogénaire approuve :

— Vous inquiétez pas, m'sieur Georges. Aussi bien, elle respecte personne ! Buvez donc !

La cerise piquante me brûle l'œsophage :

— Elle lâcherait son chien, vous croyez ?

Émilienne se met à ricaner.

— Roste ? Mais bien sûr !

Elle prend à témoin son chat momifié :

— Hein, ma Minette ! Nous, on ne se laisse pas faire !

Émilienne rit trop fort.

— Telle maîtresse, tel chien ! Après tout, c'est un berger allemand ! Ah ! Il faudrait les abattre tous les deux !

Je m'abstiens de lui faire remarquer que l'assassin de son chat est un berger belge. Cela ne change pas grand-chose et sa boutade acide réactive mes douleurs récentes. Sans que l'ancêtre le soupçonne, sa sentence me transporte instantanément au milieu des condamnés de la Gestapo de Katowice. Les gens qui n'ont jamais ramassé une cervelle éclatée ne savent pas de quoi ils parlent.

Émilienne ne remarque pas mon désarroi. Elle farfouille dans le capharnaüm de son bahut de bois clair et me présente d'une main vacillant avec amplitude une boîte à gâteaux métallique remplie de *strijntes*[19] du Nouvel An. Je grignote une gaufre au goût rance.

Elle me retient à déjeuner. Je passe ainsi le reste de la journée chez Émilienne à évoquer des souvenirs d'avant-guerre : nous passons en revue ces années scolaires peuplées de garnements poussés trop vite, célébrant le temps des convictions intactes et l'illusion d'une planète supportable. La

---

[19] Gaufres sèches à la cassonade confectionnées à l'occasion des fêtes de fin d'année.

chatte empaillée ne quitte pas ses genoux. Ses rancœurs ont trouvé leur interlocuteur, et moi, j'attends la fin du jour.

Émilienne évoque son enfance. Le soleil décline déjà et la pénombre gagne l'intérieur de la masure quand la campagne est encore illuminée de grenat d'occident. Mais la vieille n'allume pas, elle reste dans l'obscurité, à sa fenêtre, le menton marmonnant de souvenirs et la main vibrante de faiblesse. Elle m'oublie dans le noir de sa vieillesse habitée de commémorations.

Je n'y ai plus ma place. Je referme doucement la boîte vide de *strijntes* et la remise dans le bahut. Je l'embrasse et la laisse dans sa nuit, avec son animal de compagnie. Je pense qu'elle poursuit ses évocations après le cliquetis que produit la porte que je referme doucement.

Déprimé, je longe la cour des Richart. À l'intérieur de l'étable fermée, j'entends le souffle des vaches, les grognements des porcs. Roste gronde à mon passage. Les jambes molles et l'esprit pâteux, je me dirige chez Jean, espérant une bière pour emporter le goût des gaufres et noyer mon abattement.

Amies, entendez-vous…

Je suis tellement en colère. Je regarde ces doctes livres comme on contemple une montagne érigée par ces auteurs prétendant avoir gravi les barreaux les plus élevés de la pensée humaine. Ils ressassent leurs mots, alignent leurs phrases, accumulent leurs pages, comme si leurs incantations intellectuelles éloignaient les menaces démoniaques de la bête. Les Grecs, les Orientaux, les Lumières… Et ce mathématicien suisse qui voyait dans le mal les petites imperfections d'une création optimisée. Le constat du mal objectif mettait en échec toutes les théodicées, religieuses ou profanes : ces stratégies, nous expliquant que nous vivions dans le meilleur monde possible, juste altéré d'un peu de mal, faisaient long feu. Le mal ? Une illusion d'hommes insatisfaits ? Ce siècle a balafré d'un « Hors Sujet ! » à l'encre carmin, ces arguties avançant la nécessité du mal, en reléguant le monde ici-bas à un statut mineur d'antichambre du paradis, avec la souffrance pour ticket d'entrée.

Je refuse ces théories révoltantes visant à imposer un dieu tout puissant, créateur d'un monde idéal où la souffrance ne serait qu'un pis-aller. Je préfère l'hypothèse de forces du mal, sataniques, victorieuses et corruptrices d'une création parfaite. Au moins, le dualisme a le mérite de ne pas nier la souffrance objective. Non, les lectures de tous ces philosophes qui mettent leur dialectique au service de leur foi ne m'apaisent pas. Elles passent sous silence l'évidence de la souffrance : une réalité incommensurable, d'une amplitude sans limites et cruellement inutile.

Mon aigreur étend mon ressentiment aux habitants de mon village, tous rassemblés sur la place de la Victoire pour me convaincre que les cendres des bambins d'Auschwitz ou Hiroshima s'étaient dissipées au vent du triomphe et servaient encore le caractère impénétrable des voies du Seigneur… sans égard pour Voltaire, ni pour vos regards d'enfants qui appelaient au secours.

6

Un automne précoce de cumulo-nimbus souffle bien vite un air de rentrée sur le village. Portant le deuil de l'été, la plaine s'éteint en ces gris nuancés que reproduisaient les peintres de l'âge d'or flamand. La communauté retrouve sa torpeur d'avant-guerre, exactement comme si rien ne s'est passé. Avec Jean, je semble être bien le seul à savoir que c'est faux.

J'observe sans regret mon jeune remplaçant prendre le relais de l'éducation des petits Neu-Capellois. Les élèves ânonneront les couplets des glorieuses épopées napoléoniennes. Ils calligraphieront les tirades sur la mégalomanie sanguinaire du Führer. Ils réciteront l'héroïsme du colonel Tibbets, l'homme au sourire photogénique capable de calciner cent mille Japonais d'un bouton-poussoir.

En proie à des sentiments contradictoires, j'entends de chez moi la rumeur suraiguë caractéristique des récréations : les exclamations ressemblent à des hurlements, les jeux à des combats. La cour de l'école retentit d'une clameur de champ de bataille.

Mon esprit saturé de tous ces thèmes émétiques s'entête à trouver un sens à cela, tout en s'interrogeant : mon obsession n'est-elle pas aussi absurde que le reste ? Est-elle la marque de la lucidité ou de la folie ?

Malgré les fraîches aurores d'octobre et les menaces de son ciel chargé, je maintiens vaille que vaille mes courtes promenades matinales dans la solitude du point du jour. Mon parcours invariable emprunte la place de la Victoire, contourne l'estaminet de René face à l'église pour gagner les frontières du village au milieu des champs plats de la campagne de Flandre. Là, le paysage semble écrasé, circonscrit dans un univers à deux dimensions, son horizon ondule à peine de quelques monts lointains. Un espace plat comme la mer où les pas se succèdent sans surprise... La moisson est terminée et le vent d'automne souffle, libéré par la plaine. Là, cinq ans auparavant, les Panzers ont déferlé... Trente ans plus tôt, la Grande Guerre y a essaimé les graines qui fleuriront encore longtemps en bouquets de shrapnels.

Je claudique avec lenteur sur les chemins humides de rosée, les jambes lasses et l'esprit athée, tout à Épicure et à *l'indifférence des dieux à l'égard du monde.*

La chapelle des Sept Douleurs et ses deux sentinelles végétales... Sur la route du Kleindorp, un vertige récurrent s'empare de moi. L'horizon se met à tourner comme un manège. Je croise des villageois au travail, les pieds dans la glaise, sans conscience apparente du tragique de l'existence, si mal accrochée à cette planète fiévreuse. Sont-ils fous ? Ils seraient des millions à me renvoyer ma question. Que pèsent les états d'âme d'un homme au psychisme fluctuant, face à la normalité indiscutable scellée par la multitude ? Quand le vertige devient nausée, je fais demi-tour. Face à moi, le village semble désert, abandonné. Il ressemble à un îlot perdu avec ses toits de tuiles groupés frileusement autour du clocher, comme des âmes glacées cherchant la chaleur de l'Esprit Saint.

Parfois, j'aperçois Marieke se hâtant pour attraper le train de Dunkerque. Elle m'adresse de larges signes du bras en faisant des pointes pour se grandir, réchauffant ainsi sans le savoir la météo de ma journée.

Une semaine environ après ma pitoyable intervention auprès des Richart, j'assiste par hasard à l'expulsion de Noël. Deux tractions officielles et une camionnette stationnent devant la maison du vieil empailleur. Des silhouettes chapeautées s'agitent, parmi lesquelles il me semble reconnaître l'allure massive d'Hervé, surmontée de son képi incongru. Tout va très vite sans me laisser le temps d'une initiative. Je distingue fugitivement Noël à sa porte. Poussé sur sa chaise, il disparaît dans un des véhicules.

C'est fini. Ainsi un octogénaire a été délogé dans le mutisme complice du petit matin. On l'emmène dans un quelconque mouroir réservé à ceux que la guerre a épargnés et sa ménagerie de paille est promise à la décharge. Déporté pour quelques sous, au nom des intérêts économiques défendus avec tant de zèle par le pouvoir. Hervé, bonhomme et chagriné, prête pourtant main-forte à cette forfaiture, le cœur escamoté et le doigt sur la couture du pantalon…

Je me joins au croassement des corneilles en pestant. « Heureux les simples d'esprit ! » a proclamé le Nazaréen, défendant la vertu de la simplicité intellectuelle. Hélas, le mal ne saurait se limiter à une œuvre mentale ciselée par l'esprit malin. Banalisation industrielle, il m'apparaît davantage comme un scandale trivial façonné à la chaîne par des millions de gens ordinaires, prêts à devenir le bras armé de n'importe qui, rouage de n'importe quoi, sans autre vice que la docilité, rejeton de la bêtise. Mon dégoût se panache d'étonnement : comment Marcelle et Albert ont-ils pu en arriver là ? Loin d'estimer l'acte d'expulsion d'un infirme de guerre hors de portée, le bénéfice qu'ils en tirent me paraît bien dérisoire : quelques francs par mois pour les propriétaires de la moitié de la commune.

Écœuré, furieux contre Hervé, je fais un crochet chez Jean malgré l'heure matinale. Je le trouve à sa fenêtre à prendre le frais en contemplant la campagne, l'œil encore clair et le verbe assez précis. Il a *L'Éthique* à la main. Je lui explique ce que j'avais vu et ce que je compte faire :

— Je ne comprends pas. Je ne croyais pas Hervé capable d'expulser le pauvre Noël. Il avait l'air si ennuyé ! Un grand-père de son propre village !

Jean a un sourire sardonique :

— Ah ! M'sieur Georges, on dirait qu'il vous reste encore un peu d'optimisme ! Noël, ils l'empailleraient avec sa ménagerie s'ils le pouvaient ! Hervé, je le respecte. Mais il appartient à cette masse qui préfère croire que le bien est inscrit dans des codes législatifs. C'est tellement plus simple !

Je n'ai pas le cœur à philosopher :

— J'ai l'intention de payer le loyer de Noël…

Jean hoche la tête d'un air sceptique.

— M'sieur Georges, sérieusement ? Vous pensez vraiment que *La Richarde* va revenir sur l'arrêté d'expulsion pour quelques francs ? Ah, tout cela est un prétexte ! La mégère veut juste récupérer sa maison pour la louer plus chère. Elle cherche la rupture de ces contrats d'avant-guerre qui ne rapportent pas, c'est tout. Son harcèlement n'a pas d'autre but.

Je décide alors de rendre visite au maire et à madame. Les Quaeghebeur habitent une importante ferme face au porche de l'église Saint-Éloi, à quelques pas de chez moi. La bâtisse du maire est construite en carré autour d'une cour encombrée de matériel agricole. Au contraire de Marcelle et d'Albert qui ont opté pour la location de leurs propriétés, ils exploitent directement leurs quelques terres.

Mon entrée dans le bâtiment est saluée par un concert de chants de coq et de caquètements. Un chien borgne et efflanqué surgit d'une méchante niche de briques disjointes. Il me suit de son œil flamboyant. Quelque part dans une grange, les couinements d'un porc me vrillent les tympans.

Yvonne m'accueille, imposante, affable et maternelle, sœur nourricière et agent électoral de son mari. La cuisinière à bois surchauffe la pièce. Une bouilloire et trois marmites fument dans une atmosphère de bain turc. Elle m'offre le café :

— Asseyez-vous un moment, m'sieur Georges. Mon mari est occupé avec le cochon… Il faut bien que ça se fasse, uh !

Elle pose un bol brûlant devant moi. La table est embarrassée des reliefs d'un déjeuner qui n'a de petit que son horaire : motte de beurre, terrines, oignons blancs, cornichons géants, épaisses tranches de pain de campagne... Je refuse un sandwich au pâté, semblable à celui qu'elle plonge dans son bol, et bois sagement mon café brûlant en détaillant la pièce. Les faitouts de fonte émaillée mijotent à gros bouillons. Leur couvercle laisse échapper une mousse grasse qui se déverse sur la plaque en chuintant.

— Je peux peut-être vous aider, m'sieur Georges ?

Sûrement, pensé-je, puisque son mari se conformera aux directives. J'aborde le motif de ma visite.

— Pour Noël, je voudrais proposer…

Je m'interromps. Dehors, les protestations déchirantes du cochon redoublent. Malgré moi, mon regard glisse vers la fenêtre. Au travers du rideau au crochet *brise-vue*, je vois le maire sortir des dépendances en tirant au bout d'une corde une bête imposante qui se débat en secouant la tête, tandis que deux ouvriers agricoles la poussent par l'arrière-train. Au centre de la cour, une hache et trois seaux préparés sur une bâche…

— Ils vont le… commencé-je, tandis que les clameurs s'amplifient.

Yvonne se met à ricaner la bouche pleine.

— On jurerait qu'il connaît son sort, murmuré-je en luttant contre les premiers haut-le-cœur.

— Uh ! Mais bien sûr, m'sieur Georges ! C'est très rusé, un cochon ! Mon mari dit que c'est plus malin qu'un chien. Il dit…

Le reste de sa phrase est couvert par les couinements et les sifflements de la bouilloire. Au milieu de la cour, le porc épouvanté rue maintenant comme un pur-sang. La procession atteint la bâche dans un concert de cris de bête et de jurons humains. Le menton gouttant de café, la bouche encombrée de pâté, Yvonne continue de hululer. Uh…

Dans la cuisine, les relents de nourriture m'écœurent. Dans la cour, le maire hurle ses ordres. Le cochon jette alors ses dernières forces. Ma tête résonne de ces vociférations. La bouilloire siffle comme un train de déportés. Le café me remonte l'œsophage en hoquets brûlants. Je m'accroche à la table. *Schwein* ! *Schwein* ! : les éructations hilares des SS s'unissent à la cacophonie de cette scène ordinaire. Ordinaire, ordinaire, le mal ordinaire…

Le maire saisit la hache.

Uh ! uh ! Yvonne rit à ma mine. *Chhh…* gargouille la bouilloire. *Quouirgh* ! couine la bête qui refuse son destin de terrine. Je me redresse d'un coup et les murs de la cuisine se mettent à tournoyer. Le cochon secoue la tête dans une ultime rébellion. Le flot de café me submerge. *Schwein* ! Je m'étale sur le carrelage dur et froid. Et le tumulte cesse.

« Il a fait une rechute… » Je reconnais les accents placides du docteur Trillion. Quelques chuchotements lui répondent parmi lesquels les gloussements gras de la mairesse : « Il est bizarre depuis son retour. […] Mais pour un cochon, tout de même ! Uh ? » Yvonne pouffe. La voix fluette d'Augustine susurre des questions inaudibles. Nauséeux, je garde les yeux fermés en écoutant les lattes du parquet grincer sous leurs poids. Solennels comme un glas, dix coups sonnent à l'horloge du rez-de-chaussée : ils m'ont ramené dans ma chambre. Ordinaire… Le mal ordinaire rôde. Il est partout… Les yeux remplis de la terreur stupéfaite de deux fillettes, les protestations d'une bête conduite à la hache… Ordinaire… ordinaire… Le mot revient en boucle avec cette question : suis-je dément ? Tous doivent le penser, en m'accordant l'excuse de revenir du gouffre, sans savoir que l'enfer est ici aussi. Si la folie se reconnaît à l'incapacité de vivre parmi les autres, alors, je suis devenu fou.

Sur le palier, les conciliabules se prolongent. Yvonne minaude : « C'est à cause des camps de travail… »

Ma bouche s'emplit d'une amertume de café et de larmes. Les craquements de plancher s'amplifient et j'entrouvre les yeux. Dans un brouillard, je vois le docteur s'approcher de mon lit, sa serviette à la main.

— Docteur ! murmuré-je.

— Oui, m'sieur Georges. Ne vous inquiétez pas : vous avez juste besoin de repos. Il vous faut encore un peu de temps pour vous remettre.

Je pose ma main sur la sienne :

— Me remettre ? Répondez-moi : qu'est-ce que j'ai ?

Il sort une seringue :

— Détendez-vous, ça ira mieux après ça ! Vous êtes déprimé, m'sieur Georges. Vous broyez du noir.

Je secoue la tête :

— Tout est noir.

Le praticien me fixe :

— Allons ! Allons !

Je trouve la force de sourire :

— Vous êtes bien comme le curé, docteur. Avec des discours tout faits pour votre clientèle…

Le docteur Trillon ne s'en émeut pas et me pique prestement.

— Tut-tut. Calmez-vous.

Au contraire, je me mets à délirer :

— La vieillesse, la mort. Un homme sain est un malade qui s'ignore. Nos cancers sont latents, nos bacilles se multiplient.

Il me remonte la manche d'un air autoritaire :

— Suffit, monsieur Georges ! Allez, détendez-vous !

Nous allons tous mourir… Et si la réponse est là, toutes les questions perdant leur objet ? La piqûre produit son effet et la chambre se met à se dissoudre. Quelque part, dans mon cerveau névralgique, la litanie reprend :

Ami, entends-tu le vol noir des corbeaux sur la plaine ?

Ami, entends-tu ces cris sourds du pays qu'on enchaîne ?

Le lit s'effondre dans le vide.

C'est nous qui brisons les barreaux des prisons pour nos frères…

La haine à nos trousses et la faim qui nous pousse, la misère…

Les murs se dilatent, poussés par une force centrifuge et démoniaque et je quitte la ronde sinistre de cobayes humains au regard muet, de cadavres à la cervelle éclatée, d'infirmes sur roues et de cochons couinant de désespoir, pour le néant consolateur de l'inconscience chimique.

Ils vous ont menti ! Vos parents vous avaient accroché sur la poitrine un tétragramme dérisoire : une étoile à six branches, pauvre bouclier de David pour vous guider vers l'Au-delà. Ils vous ont menti ! Vous n'avez eu que la souffrance sans le salut.

Où est-il ce Dieu dont l'amour infini est aussi vain qu'une formule de compassion chuchotée à la synagogue ? Où donc ? Ni sur la plaine d'Auschwitz-Birkenau ni dans le ciel glacial de Pologne où s'élevaient les atomes du peuple élu en volutes anonymes. Il n'était pas au sommet du mont Golgotha : je n'ai que faire d'une divinité défaillante pour le supplicié, d'une idole avide d'une foi si exclusive qu'il voudrait nous y enfermer dans un clocher planétaire, sourde aux hurlements d'une enfant.

Ils vous ont menti ! La Shoah a gazé le Grand Pardon[20]*. Vos pairs vous ont menti comme j'ai menti à tous mes écoliers, leur faisant miroiter un univers baignant dans une justice immanente, récompensant les bons élèves et punissant les cancres pour le bien de tous. J'ai menti aux enfants à qui on me confiait d'apprendre le monde. Je leur ai menti toute ma vie !*

La vérité a éclaté à l'instant même où vous pensiez le rejoindre : Dieu était mort avant vous. Vos regards imploraient une réponse. Vous êtes parties sans elle. Mon ciel s'est alors encadré de noir. Et tous ces discours sur l'impénétrabilité de la volonté divine me font hurler. Ces cathédrales érigées par ces croyants fanatiques. Je n'ai que faire d'un Père indifférent à l'agonie de deux jeunes filles et qui les abandonne à la nuit de leurs questions sans réponse.

Nicht Nur Warum ! *C'est l'unique vérité. Puisqu'il n'y a aucun salut à attendre d'un ciel vide de raisons.*

---

[20] Yom Kippour. À la fin des jours austères.

7

Je suis consigné dans ma chambre depuis quinze jours dans la béatitude artificielle prescrite par le bon docteur. Aussi efficace que discrète, Augustine se charge de mon ravitaillement en vitamines fermentées. Encombrante et peu soucieuse de l'éviter, Yvonne m'apporte aussi des victuailles dont ces quelques *têtes pressées*, terrines de porc que j'ai le cœur ni de refuser ni de manger. C'est ainsi que les reliques du cochon exécuté, pâtés de tête et rillettes atterrissent dans ma cave, tombe d'une bête qui ne voulait pas mourir.

Le week-end vient le tour de Marieke munie de ces décoctions de plantes qu'elle ramène de l'hôpital de Dunkerque. Ses potions sont amères mais sa main est fraîche.

Mes propositions confuses de régler les impayés de Noël sont à peine écoutées comme les divagations inoffensives d'un vieil homme au fond de son lit. Elles restent sans réponse, scellant le destin du vieux Poilu et son ultime domiciliation… Comme l'a prévu Jean, sa maison de Neu-Cappel bénéficie d'un solide nettoyage et de réfections minimales pour être louée presque immédiatement à un jeune couple de la ville voisine.

Après ces deux semaines de repos, je peux donc ressortir. La lecture des philosophes pessimistes et l'atmosphère confinée de ma chambre commencent à m'oppresser. Même si dehors m'attendent les démons célestes qui me tourmentent. La question de ma santé mentale revient en boucle, tacite et sans réponse. Si la folie est de n'être bien nulle part et de ne plus supporter ce qu'hier encore je ne remarquais même pas, alors oui, je suis bien devenu fou.

C'est alors que se produit l'accident : les imprévus présentent l'avantage de désorganiser les mensonges les plus structurés. Les penseurs parfois ont raison : les souffrances nous révèlent.

Le drame se produit un jeudi d'octobre, jour des enfants. Les somnifères du docteur sont épuisés et j'ai peu dormi. Six heures sonnent à l'horloge en bas. Sacrifiant à l'astreinte auto-imposée, je sors dans l'aube encore sombre pour réveiller mes jambes ankylosées et secouer mon esprit encore habité de songes obscurs.

Le village suinte d'une bruine fine et triste diluant mon courage. Les ruelles sont désertes. Çà et là, quelques lumières incertaines révèlent les premières activités matinales ; ici le chant d'un coq anticipe le jour, au loin un chien aboie à quelque démon. Le village s'éveille.

Machinalement, je prends la direction du Kleindorp et du bois de la Becque. À la sortie du village, je découvre les préludes d'une aurore blafarde. Mes pas lourds s'enfoncent dans la glaise. La silhouette de la chapelle des Sept Douleurs s'ébauche au milieu de la vapeur froide. Ses deux sentinelles végétales lui dessinent deux bras noueux tendus vers le ciel chargé.

Soudain, une vague d'angoisse plus forte me submerge. Je m'arrête au milieu des ornières parmi les spectres brumeux. J'écoute, figé : quelque part, des coups de feu claquent dans le silence. Leurs échos résonnent dans la campagne endormie. Les détonations viennent du Kleindorp. Ou de la Becque… Je me raisonne ; il ne s'agit que de chasse, le comte a eu une lubie matinale et débusque un pauvre lièvre ou quelques perdrix ? Mais la terreur d'un animal face à ces hommes armés m'affecte encore davantage. Les déflagrations semblent se rapprocher. Des éclairs fusent dans l'ombre. Je sens même l'âcreté de la poudre. Je m'accroupis, tête dans les mains. L'ombre de la chapelle se métamorphose en mirador. Les balles me sifflent aux oreilles assourdies par les éructations allemandes. Je me mets à errer en zigzag dans le brouillard poursuivi par les hurlements de plus en plus proches : *Schwein ! Schwein !* Je m'aplatis dans l'eau glacée d'un fossé pour y perdre connaissance.

Nadia, Sofia. J'aurais préféré mourir. Pourquoi suis-je encore là avec mon incurable inaptitude au bonheur ? On vous a volé vos jeux, vos idylles, vos enfants. On vous a volé vos épreuves, vos déceptions, vos chagrins. On vous a dépossédé de votre propre mort, ce moment de vérité où chacun s'incline dans l'amour. J'aurais préféré mourir dix fois. À moi qui ne vis que par procuration, on m'a tout dérobé ce qui vous était dû : j'aurais préféré mourir cent fois.

Où suis-je ? Sur un siège dur. Que regardé-je ? Des polygones de lumière colorée perçant l'obscurité. Avec qui ? Un regard immobile. Un homme. Il m'observe. Je le sens. Ami ennemi ? Ami, je crois… Suis-je en vie ? Je ne sais pas. J'ai froid. Oui, je suis vivant. Une voix distante me dit de ne pas avoir peur. *Vous pouvez le faire*, répète-t-elle sans cesse. Faire quoi ? Je ne sais pas. Mourir, peut-être.

Le dessin d'un vitrail se précise. J'ose tourner la tête en direction de cette présence que je sens. C'est un homme, non une statue. C'est le Christ qui me fixe ainsi. Je reconnais l'église Saint-Éloi. Pourquoi ? Je suis à genoux. Qui m'a amené sur la paille usée d'un prie-Dieu ? Mon pantalon trempé me colle à la peau. Il fait froid. Ma main gauche irradie d'une douleur sourde. Ce signal lancinant me confirme que je suis encore en vie. Interdit, je contemple la gaze ensanglantée qui enveloppe ma paume. La souffrance physique m'est indifférente et je considère le pansement avec une curiosité détachée. Le bandage soigné a été serré d'une main experte. Comment me suis-je blessé ainsi ? Une de ces balles perdues qui sifflaient ?

Je scrute l'église vide, excepté le Christ en noyer… et la lumière rouge de l'autel. Que fais-je ici ? Depuis combien de temps suis-je entré dans une église ? Quatre ans peut-être, à l'occasion du mariage d'Hervé, à moins que ce ne soit au baptême de la dernière-née du maire, dernières ripailles d'avant-guerre ? Mon inconscient m'a-t-il conduit dans ce lieu de prières pour me préserver de mes propres démons ? Mes questions rebondissent sur les pilastres, traversent la croisée du transept pour aller se perdre en haut du pinacle au milieu du chœur. Seul me revient encore le tintement d'une voix insistante qui m'assure : *Vous pouvez le faire…*

Vous pouvez le faire, vous pouvez le faire… Une femme. La Vierge du vitrail ? Non, je deviens aussi fou que les bigotes de Neu-Cappel. Qu'ai-je donc fait ? Quel acte a pu me procurer ce bien-être inaccoutumé ? Sidéré par ce sentiment de réconciliation, je reste immobile, dans la pénombre, saisi par ce silence si caractéristique des maisons de Dieu peuplées de bruits infimes, rebondissant à l'infini sur les moellons épais.

Je détaille la nef colorée de rais diagonaux filtrés par les vitraux ésotériques, le chœur lointain et obscur empreint d'une mystérieuse révélation divine sous forme d'une étoile sanglante et immuable. Habité de cette rumeur dans le crâne, soufflée par une assemblée des saints pétrifiés… Les jambes tremblantes et souillées de boue, je reste appuyé contre le pilier de pierre grise, face à cette crucifixion de bois fendu, sans plus me soucier de ma main douloureuse et de son bandage énigmatique. Je contemple le Sauveur en croix. Visage tourné vers le ciel… Crucifix… Croix de torture. Mon regard ne parvient pas à se détacher de ces yeux révulsés, de ce visage sillonné de sang et de larmes, de cette bouche entrouverte pour un cri silencieux, de ces mains sculptées implorantes, à demi-ouvertes vers le ciel muet, à demi-fermées pour une révolte inutile. « Père, pourquoi m'as-tu abandonné ?... » Pourquoi *nous* as-tu abandonnés ?

Je L'observe et L'interroge… Christ as-tu cru jusqu'au bout au mal rédempteur ? Nazaréen réalisais-tu ton destin planétaire, espérais-tu voir ton sacrifice ainsi cloué sur les murs de millions de croyants, invitation pour ton paradis payé de sanglots et de spasmes, ou avais-tu découvert à l'instant ultime que le ciel du Golgotha était aussi vide que celui d'Auschwitz-Birkenau ? La sérénité m'emplit le cœur et je ne Lui en veux plus. Je me sens presque proche : Il aurait pu être parmi nous, supplicié par les nouveaux centurions antisémites du vingtième siècle, nu ou en costume rayé. Führer, ceux qui vont mourir te saluent ! Toutes les souffrances se rejoignent. Pour un peu, je prierais… si je n'avais oublié les paroles.

De retour chez moi, je dénoue le bandage et examine ma paume entaillée. La plaie garde ses mystères : aucun indice sur l'origine de cette blessure. Je fais un nouveau pansement et mets de côté le tissu ensanglanté : peut-être me dévoilera-t-il un jour sa mystérieuse origine. Je me change et prends mon petit déjeuner, café léger, tartiné de pensées confuses sur ces événements incompréhensibles… Mes délires et mes obsessions de malheur me paraissent lointains. Que m'est-il arrivé ce matin-là ? Est-ce un appel de Dieu qui m'a attiré dans cette église ?

C'est curieux. La colère est retombée. Premiers symptômes du détachement ? Ou ressort pour aller plus loin, en dépassant la simple révolte contre Dieu et les hommes ? Dans une étrange sensation de béatitude, après une communion muette avec la souffrance d'Augustine, j'éprouve le désir de franchir le stade primaire de l'athée viscéral. Alors, j'ouvre mon cahier à grands carreaux. Je trempe ma plume dans l'encre violette, reste la plume indécise puis griffonne d'une écriture dégradée. Qui doit venir ce matin ? Augustine ou Marieke ? Je ne sais même plus quel jour nous sommes.

Chère Augustine, chère Marieke,

Ce matin, je me suis retrouvé à l'église pour une raison que j'ignore. J'avoue y avoir éprouvé une surprenante sérénité.

Le Christ m'est apparu comme un supplicié parmi des millions d'autres. Et le spectacle pathétique de sa passion me pousse à plus de compassion que de désespérance. Le sang bu chaque dimanche me semble pourtant si vain.

Finalement, le christianisme me propose une représentation de la vie terrestre qui me correspond : morbide comme une crucifixion. Il aborde cette énigme dont l'urgence éclipse toutes les autres : le mal, la souffrance ici-bas. Malheureusement, Augustine et Marieke, je n'adhère pas à ce salut. Votre Seigneur ne mesure que le drame de la condition humaine. Je ne parviens pas à adhérer à cette délivrance codifiée, ces lois révélées, ces commandements suspects. Mais je vous le dis aujourd'hui, vous avez de la chance d'y croire… Hélas, votre paradis est perdu pour moi ; j'aurais toutefois tant aimé que vos grains de prières vous obéissent.

Georges.

Le vent humide se lève dans le tourbillon des premières feuilles mortes et fait claquer la fenêtre de la cuisine. Je frissonne. Je détache la page du cahier, la plie et la mets dans une enveloppe sur laquelle j'écris « Augustine, Marieke » et la place bien en évidence sur la table.

Je me redresse et prends du recul comme un peintre pour apprécier son travail. Mon cahier se referme dans un courant d'air. J'entends encore ces chuchotements insistants.

Une douce résonance me répète inlassablement : Vous pouvez le faire. Faire quoi, mon Dieu ? Au milieu de ces vapeurs mentales, j'entends à peine le pas lourd d'Hervé. Oubliant notre froid depuis l'expulsion d'Albert, il se précipite vers moi comme si la guerre s'était rallumée de ses braises :

— M'sieur Georges ! La Richarde a eu un accident !

Nadia et Sofia. J'ai lu dans vos regards que le mal n'était ni une illusion, ni une privation, ni une comparaison subjective. Encore moins les misérables imperfections d'un monde qui reste le meilleur possible…

Mais quelle est donc sa nature ? « Le mal est aisé, il y en a une infinité, le bien est presque unique. » Pascal l'avait perçu : il y a une manière de rester en bonne santé, et un million de manières de mourir. C'est un parallèle qui va bien au-delà de la sémantique : il serait tellement absurde de considérer la maladie comme une absence de bonne santé.

Nadia et Sofia… Je vous dois de ne jamais oublier la vérité objective de la souffrance, une vibration lancinante inscrite dans les chairs, aussi réelle que le fer ou le feu.

Les événements d'Auschwitz-Birkenau ont éclaboussé mon Univers tout entier, jusqu'à la haine des étoiles si dures et si fixes dans un ciel si vide ; et même s'il me faut y perdre la raison, à combattre les théories de ceux qui ont voulu concilier l'abject et l'économie du monde, servant l'obscurantisme par des théodicées religieuses ou profanes, par égard pour vous, dans le deuil définitif de votre martyr, je refuse de l'accepter comme une simple épreuve.

8

— M'sieur Georges ! *La Richarde* a eu un accident !

Je contemple le visage circulaire d'Hervé. Cette matinée est inattendue, incompréhensible. L'équilibre précaire d'un monde mensonger semble compromis, sans que je comprenne pourquoi. Paniqué, le drap de son uniforme imbibé de bruine et le visage rondelet ruisselant de sueur, mon gendarme s'écroule sur la chaise devant moi :

— Vous avez entendu, m'sieur Georges ? *La Richarde*...

Il me dévisage avec inquiétude :

— Vous êtes souffrant, m'sieur Georges ? On dirait que vous avez vu un fantôme.

Stupidement, je lui demande :

— Quelle heure est-il, Hervé ?

— Il est huit heures passées.

— Quel jour ?

— Jeudi... Qu'avez-vous à la main ?

Je secoue ma torpeur :

— Rien de sérieux, dis-je... Qu'as-tu dit ? Un accident ?

Je reprends peu à peu mes esprits. Hervé raconte d'une voix essoufflée le coup de téléphone reçu du Kleindorp : Richart vient de découvrir le corps inanimé de sa femme dans la grange. L'adjudant compte sur ses gros doigts : il a laissé l'information à Yvonne qui s'est chargée de la transmettre à son mari. Le commandement prévenu dépêche une voiture de la ville. Le docteur Trillion arrive du village voisin. Je suggère, agacé :

— C'est bien Hervé, tu as agi comme il faut. Maintenant, il faut aller sur place.

— Venez avec moi, m'sieur Georges !

J'hésite, mal remis des événements de la matinée :

— Tu es sûr que je serai utile ? Ce n'est pas ma place.

— Ça a l'air grave, m'sieur Georges.

C'est le baptême du feu d'Hervé. J'enfile mon manteau. Nous partons. Ma main gauche me lance. Hervé me prend le bras et ne le lâche plus. Pendant le trajet, il me rapporte les propos confus de Richart : Marcelle baignait dans son sang à l'entrée de l'étable.

Je répète :

— *Dans son sang !*

J'éprouve les signes avant-coureurs d'une nouvelle crise.

— Ça a l'air grave, m'sieur Georges, radote Hervé.

Je l'observe à la dérobée : physique lourd, mental timoré… Pourquoi ce garçon est-il donc devenu gendarme ? J'avais le souvenir d'un gamin rondouillard jouant en solitaire dans la cour de récréation. A-t-il cherché un statut qui lui conférait une autorité de substitution ? J'ai toujours été surpris par les orientations professionnelles de mes élèves : les circonstances jouent un rôle déterminant. En définitive, personne ne choisit vraiment sa vie.

Nous dépassons la chapelle des Sept Douleurs. Au jour, le monument a perdu son aspect inquiétant. Je passe sous silence mon évanouissement du matin. Pourquoi donc me suis-je retrouvé à l'église ? Sans un mot, nous longeons les champs de blé hérissés de paille drue. Laborieusement. Nous arrivons enfin au Kleindorp. Hervé souffle ; moi, je souffre. Le chemin vicinal nous conduit à la ferme Richart. La campagne est déserte sous un crachin de grisaille ; la boue des ornières alourdit nos pas. Hervé me fait contourner l'habitation. Le docteur Trillion est arrivé. La traction du médecin stationne devant l'entrée. La cour est vide. Au moment de dépasser le panneau CHIEN MÉCHANT, je retiens Hervé par sa manche :

— Attention à Roste…

Ma voix est couverte par les aboiements du cerbère. Indécis, Hervé et moi restons à l'entrée de la ferme.

— Allez-y ! crie une voix à l'intérieur de l'étable. Entrez ! Il est attaché !

Nous pénétrons sur le pavé de la cour, assourdis par les protestations furieuses du gardien des lieux. Dressé au bout de sa chaîne, le malinois s'étrangle de rage. Sous ses assauts, la niche tangue de façon alarmante. Nous nous hâtons vers la porte de la dépendance, grande ouverte. Albert sort à notre rencontre ; le visage décomposé, l'éleveur est méconnaissable. Il ne nous salue pas et désigne la grange en reculant :

— Elle est là…

À l'intérieur, il me faut quelques secondes pour m'accoutumer à l'obscurité. J'aperçois d'abord le docteur agenouillé devant une silhouette allongée. Je m'approche timidement dans la pénombre. Hervé reste en retrait. Petit à petit, je distingue le corps figé dans la paille, replié sur lui-même dans la posture angoissante de marionnette abandonnée. La tête enserrée dans son fichu fait un angle bizarre avec le tronc. Je reconnais le tablier à fleurs démesurées de Marcelle.

Trillion se relève en grimaçant, les mains sur les genoux. À la lenteur des gestes du médecin, je comprends que toute urgence est inutile. Le visage grave, il s'approche d'Hervé et murmure à l'oreille du gendarme :

— Je peux vous parler ?

Les deux hommes sortent et je me retrouve seul avec ce corps sans vie et les vaches impassibles. Je scrute l'étable en tentant de comprendre les circonstances de l'accident. La scène se grave dans ma mémoire : la lumière grise du matin entrant du porche, devant le mur de ballots de paille qui monte au plafond, le corps osseux effondré sur lui-même, la posture baroque de ses membres, la bouche ouverte pour une protestation silencieuse d'où sortent quelques brins de paille, et les yeux écarquillés de surprise…

Surprise, Marcelle semble bien avoir été fauchée en plein ouvrage. Dans l'ombre, un seau renversé, plus loin dans le fond, des animaux invisibles dont je perçois le souffle. Au bout de longues minutes, l'évidence s'impose alors comme un coup de feu : en écoutant les conciliabules entre le docteur et le gendarme, en regardant le corps cassé, joue contre terre, bouche amère, son triste fichu goûtant de sang sombre, et toute cette paille ; à ce moment seulement, je comprends qu'il s'agit d'un crime.

Je sens enfler une sensation familière : la nausée me comprime le diaphragme, me vrille l'estomac et me remplit la bouche d'une humeur brûlante, en déroulant son cinéma muet : les camps, les bâtiments alignés à perte de vue, les corps décharnés fauchés en plein travail, les visages déjà absents, le sol éclaboussé de mousse grasse qui fut le siège de leur âme et les yeux révulsés qui n'interrogeaient que le vide du ciel... Un crime…

Je m'appuie contre le mur en aspergeant le sol.

Je perçois des ronflements de moteurs. Une ambulance et un fourgon de gendarmerie pénètrent dans la cour. L'étable se remplit de chuchotements d'église, l'obscurité crépite des flashes des enquêteurs qui illuminent la figure blanche de Marcelle déformée par son cri muet. Est-elle en train de prononcer le nom de son assassin ? Plaqué contre le mur comme un coupable confondu, j'écoute les commentaires des gendarmes : « … la balle n'est pas ressortie de la tête, il n'y a qu'une blessure… déterminer l'heure du crime… Pas d'arme… »

Un haut-le-cœur m'obstrue la gorge. *Le mal est aisé…* Un petit trou bien placé par lequel se volatilisent les souvenirs, les calculs et les chimères. Et le corps n'est plus qu'une souillure répugnante, mélangée de terre et de paille. Quelque chose me trouble. Un détail incohérent que je n'identifie pas encore. Il faut y réfléchir, mais je ne suis pas en état. Je vomis encore un peu de bile. Le docteur me rejoint alors d'un air réprobateur.

— Votre place n'est pas ici, monsieur Georges ! Je vous ai dit de vous reposer.

Il remarque mon bandage :

— Vous êtes blessé ?

Je dissimule ma main derrière le dos comme un garnement pris en faute. *La balle n'est pas ressortie de la tête...* Il me semble entendre encore quelques coups de feu du côté des bois de la Becque. Cela ne cessera donc jamais ?

— C'est bénin, dis-je enfin. Je suis tombé...

À l'arrivée des époux Quaeghebeur, je préfère me replier chez Émilienne. Depuis son poste solitaire d'observation derrière ses dentelles défraîchies, l'ancêtre scrute la scène.

— Marcelle a été assassinée...

Je crie pour me faire entendre mais la nouvelle laisse impassible l'octogénaire. Elle sait déjà et semble inquiète. Plus personne à haïr, quelqu'un a abattu sa belle-fille... Ses mains vibrent. Je m'assois près d'elle, épuisé par cette matinée de folie. Côte à côte à la fenêtre, nous suivons en silence le déroulement de la procédure.

Les enquêteurs sont toujours dans la grange. Une civière en sort et l'ambulance emmène le corps. Enfin, deux gendarmes s'emploient à refermer les deux battants de la porte. Ils apposent les scellés. Scène de crime.

Tout le monde disparaît alors dans l'habitation des Richart, excepté une sentinelle abritée de la pluie sous le porche. Roste la surveille de ses yeux de braise, figé au bout de sa chaîne, sans doute épuisé d'avoir trop aboyé. Il n'y a plus grand-chose à voir. Je ne peux prendre congé d'Émilienne sans lui poser la question qui me tracasse. Je lui crie à l'oreille :

— Avez-vous vu quelqu'un s'approcher de la ferme ?

Elle opine sans mot dire.

— Qui avez-vous vu ?

Elle hoche la tête d'un air perdu :

— Oui, oui…

Elle lève un doigt arthritique vers la fenêtre, puis se baisse pour prendre son chat.

— Hein Minette, on a vu quelqu'un…

Elle n'en dit pas davantage, le regard braqué sur la ferme de son fils, Minette sur ses genoux dans sa posture défensive.

J'entends encore sa voix dérailler : *il faudrait les abattre tous les deux !* Quand la haine est un fardeau trop lourd, n'est-on pas tenté par le passage à l'acte ? Je regarde sa main parcheminée osciller sur le pelage de son chat… Émilienne criminelle, tuant sa belle-fille d'un coup de fusil ? Quelle idée absurde alors que la vieille a cessé depuis longtemps de maîtriser son propre corps. Peut-être l'octogénaire pense-t-elle que *La Richarde* a été tuée par son propre fils ?

Je l'embrasse et la quitte, préoccupé par un sentiment diffus : quelque chose ne colle pas. Mais finalement, rien n'est cohérent ce matin, tout est singulier. J'entends encore cette voix tinter à mes oreilles. Une exhortation dans l'église déserte au petit matin : *Vous pouvez le faire…*

Je m'éloigne de la ferme, sans me retourner sur la cour encore encombrée de Tractions officielles. Sous le ciel chargé, les champs de terre et nus luisent d'humidité, reflétant le mal dans cette atmosphère délétère et poisseuse. Je m'approche de chez Jean, aux premières loges pour observer les événements. Marcelle assassinée… La mort reste si fascinante : on se lève un matin, la tête habitée de projets dérisoires, et nos fictions s'écroulent comme un château de cartes dans un grondement.

— Abattue dans sa grange ?

Jean répète l'information avec une stupeur réelle. Je confirme avec lassitude :

— Une balle en pleine tête, Jean. Apparemment, il n'y a pas d'arme : ce n'est pas un suicide.

Jean n'est pas homme à feindre. Derrière ses lunettes rondes, l'étonnement lui dilate les paupières.

— Assassinée ? *La Richarde* ?

Ce ne peut être de la tristesse, mais la disparition de son ennemie le choque plus qu'attendu. Peut-être s'attache-t-on aussi aux objets de nos haines. Il garde de longues minutes un silence méditatif, avant de se reprendre d'un air farouche en commentant qu'elle ne va manquer à personne.

— Bah ! Cinquante millions de morts en cinq ans, un homme sur je ne sais combien… des dizaines de métropoles rayées de la carte ! Pourquoi s'inquiéter du sort de cette grippe-sou ?

Il renifle avec mépris :

— … qui n'a même pas souffert !

Mécaniquement, je fais la règle de trois. Cinquante millions sur deux milliards…

— Oui. Ça fait un homme sur quarante, Jean. Toujours fâché avec l'arithmétique ?

Il hausse les épaules :

— À quoi bon compter ? marmonne-t-il. Au fait, vous êtes blessé ?

Du menton, il désigne mon pansement. J'élude le sujet et balaye la campagne de la main droite en posant la question qui me démange :

— Jean, as-tu vu quelqu'un au Kleindorp, ce matin ? Une voiture, des promeneurs ?

— Absolument personne, m'sieur Georges, répond-il avec une pointe d'ironie.

Je me lève.

— C'est vrai, Marcelle ne s'est rendu compte de rien ; elle n'a sans doute pas souffert… Un petit trou dans la tête, et la machine s'est arrêtée.

Je revois sa grimace amère accentuée par le fichu rouge. Repoussant mes questions sans réponse, j'ajoute en prenant congé :

— Elle n'a pas eu le temps de quitter son masque revêche…

Je vois bien mon amertume changer de cible. Dépassant mon insurrection contre une divinité si misérablement clouée qu'elle en devient stérile, j'admets d'y lire une mesure de notre souffrance. Face au supplice du Crucifié, qui suis-je donc pour Lui reprocher les manipulations posthumes ? Non, aujourd'hui, mon ressentiment se retourne vers les prophètes du progrès, les défenseurs d'une civilisation salvatrice qui nous emporterait vers un avenir lisible. Je referme aussi ces livres qui substituent à la mythologie défaillante un fantasme laïc : confondant technologie et progrès, organisation et liberté, force et droit…

Mais où chercher ? La bibliothèque de Jean dresse son mur d'interrogations, challenge intimidant : il me faut explorer systématiquement les ouvrages abordant la question : « Comment définir le mal ? » sans chercher à en repousser la réalité répugnante, en dépassant le niveau de l'anecdote futile. Je me consacre aux auteurs ayant renoncé au dualisme simpliste du bon et du méchant en prônant la mort du pêcheur, au risque d'ôter tout sens à l'économie du monde, et de rendre impossible toute lecture de l'univers.

Que cache son caractère infini, excessif et composite : physique, moral ou métaphysique ?

La nuit, quand mes promenades incertaines déroulent le spectacle d'un firmament lumineux, je m'interroge : le mal est-il inscrit dans la matière ou dans les étoiles ? Ou dois-je croire Rousseau quand il nous montre l'homme du doigt ? « Ne cherche plus les auteurs du Mal, cet auteur, c'est toi-même… »

Oui, l'homme : SS, gendarme, aryen, Kapo, médecin ou Tzigane… Tous membres de l'organigramme de l'horreur où chacun participe à sa manière, dans sa couleur, sous sa bannière, conduisant les trains, choisissant les déportés, versant les gaz, arrachant les dents, charroyant les corps, triant les vêtements, empilant les dépouilles, enfournant les cadavres pour alimenter l'ardent foyer du monde plutôt que de s'y consumer.

9

L'excursion m'a épuisé. Je retourne au village. Le ciel gris m'écrase, la nausée me mine, le vent me soûle, la bruine me suffoque. *Elle n'a même pas souffert...* Peut-on une épitaphe plus cynique ? Jean s'abandonne à sa rancœur, comme Augustine s'en remet à Dieu. De ce point de vue, leurs résignations se rejoignent. Haïr est une renonciation à comprendre, comme croire est une abdication de l'intelligence. Dans cette vallée de larmes, l'une pleure, l'autre hurle. Et moi, sur cette terre nue d'automne, je m'entête à marcher, titubant dans ma quête, soliloquant mes serments endeuillés à deux fillettes orphelines de Dieu.

Le village bout comme une soupe mijote. Les paysannes excitées tiennent leur pas-de-porte, reniflant le crime dans les tourbillons du vent, éparpillant les ragots rabâchés où chacune espère un semblant d'exclusivité. Sur la place, au seuil du bistrot, les bras croisés au-dessus des mamelles et le double menton imposant, Yvonne pérore devant une demi-douzaine d'auditeurs captifs. Je ne m'attarde pas.

Il est déjà midi mais l'appétit se refuse à moi. Réfugié dans ma cuisine, je fais réchauffer du café ; j'entends le claquement de la porte d'entrée. Pour la deuxième fois de la journée, Hervé entre dans la pièce et s'effondre sur une chaise, le képi de travers. Il gémit :

— Quelle matinée !

De larges marques rouges marbrent son visage gras de sueur. Il desserre le nœud de cravate qui lui martyrise l'encolure.

— Il a fallu que ça tombe sur moi !

Mon gendarme se répète. Comme au temps où il gémissait quand je l'appelais au tableau : *Pourquoi moi, m'sieur ?* sans jamais admettre que c'était simplement son tour.

Je lui sers le café.

— C'est un crime, m'sieur Georges, souffle-t-il, encore incrédule.

Je hoche la tête :

— J'en ai bien peur. Ce n'est ni un accident ni un suicide.

Pourtant, si Marcelle ne s'est pas donné la mort, la manière dont elle suscitait la détestation confinait à l'autodestruction.

— Comment Albert prend-il la chose, Hervé ?

Il grimace :

— Mal ! Il reste prostré, répond à peine à nos questions. Il surveille sans arrêt la fenêtre. Il est choqué. Il a peur, je crois. Il est peut-être le prochain sur la liste…

Il se penche vers moi, la mine chafouine :

— Dites-moi, M'sieur Georges, vous pensez vraiment que le couple pouvait bien s'entendre ? *La Richarde*, elle lui faisait pas de cadeau non plus à Albert ! En fait, elle ne s'accordait qu'avec son chien.

J'ébauche un geste vague.

— Qui peut savoir ?

Une tempête sous un képi. Hervé récapitule sur ses gros doigts aux ongles rongés :

— Bon, voilà ce qu'on sait. Elle est allée traire les vaches à six heures, comme tous les jours. Cela lui prenait moins d'une heure, alors, bien sûr, Albert s'est étonné de ne pas la revoir. Il l'a trouvée un peu avant sept heures.

Il termine son bol, puis reprend :

— Le médecin estime que *La Richarde* a sans doute été assassinée vers six heures trente.

Hervé me fixe d'un air un peu perdu :

— Albert affirme qu'il n'a pas bougé de chez lui ; il n'a rien vu, rien entendu… Et puis, il y a le chien !

J'opine : en effet, il y a le chien… J'éprouve quelques difficultés à hiérarchiser toutes ces interrogations. Je revis mon mystérieux réveil à l'église… mais que je garde pour moi. Je réfléchis tout haut :

— Comment a-t-on pu tirer sur Marcelle dans son étable sans avoir d'abord abattu le molosse ? Mystère !

— C'est totalement incompréhensible : Roste, il saute sur tout ce qui bouge ! s'exclame Hervé. En plus, il était attaché à sa longe ; il peut circuler dans toute la cour. Albert dit qu'il a aboyé. Mais franchement, m'sieur Georges, de vous à moi… ce chien, il aboie tout le temps, hein ?

J'acquiesce. Pour moi, ce malinois incarne une métaphore tragique du monde : à l'extérieur de sa cour, l'univers tout entier n'est qu'une menace. Je médite à cette image de gardien vouant son existence à haïr au bout de sa chaîne ;

j'en arrive à ressentir de la pitié pour cette bête au psychisme ciselé au tranchant de nos angoisses.

Le gendarme poursuit :

— Émilienne prétend avoir aperçu un inconnu, mais elle n'a pas entendu le chien. Faut dire qu'elle est sourde comme un pot !

— La pauvre passe sa vie à sa fenêtre. Cela dit, elle n'a plus toute sa tête.

— Émilienne, Albert, le chien ! gémit le gendarme. Comment l'assassin a pu venir au Kleindorp sans se faire repérer ?

Le ton redevient pointu. Penaud, l'enquêteur ajoute :

— En plus, la cour est l'unique accès de l'étable. Non, m'sieur Georges, c'est pas évident…

Il secoue la tête.

— Au fait ! Je ne vous ai pas dit ? On a récupéré la balle dans le crâne. C'est avec un pistolet qu'on a tué *La Richarde*…

Réalisant qu'il parlait d'une défunte en termes peu réglementaires, il rectifie :

— De Marcelle Richart…

— Et de quelle arme s'agit-il ?

Hervé articule d'un air important :

— La balle est une 9 mm Parabellum. Tirée avec une arme allemande : un Walther P.38, peut-être Le tireur s'est forcément approché à quelques mètres. La Rich… Madame Richart était dans l'obscurité. Pourtant, on voit bien qu'elle ne s'est rendu compte de rien… Une cible mouvante… C'est pas évident…

Hervé mord dans le pain que je lui offre et commence à mastiquer d'un air pensif. Je tais mes interrogations personnelles : qu'avais-je fait du pistolet de Jean ? Comment l'assassin avait-il pu s'approcher de Marcelle sans attirer son attention ? Quelque chose nous échappait… *La Richarde*, la tête dans son fichu… Pantin foudroyé d'une balle comme tant de ces mannequins rayés dont j'avais vu la cervelle éclatée. Le goût douceâtre du sang m'emplit la bouche. Y a-t-il une réelle similitude ? Dans les camps, la mort consistait en un jeu impersonnel sans autre sens que la folie nazie, sans autre mobile que les caprices d'hommes arrogants ; leur violence se fondait sur l'affirmation de leur puissance. Mais ce matin, les choses se présentent d'une manière bien différente : Marcelle a été frappée par une vengeance ciblée et calculée sans rapport avec un jeu sadique. Inéluctablement, l'assassin devient le personnage clé, déterminé et discret. Cette fois, le crime a un vrai coupable…

Malgré la fatigue, l'énigme me chatouille les neurones. Bien souvent, la recherche de l'assassin relève moins d'un désir de justice que du défi sans compassion posé par l'intrigue criminelle.

— Bon ! dis-je d'un ton forcé.

Ses gros yeux me fixent avec l'expression de l'élève limité :

— Voilà un simple problème de logique, Hervé. La solution, la voici : le criminel connaissait le chien. Et réciproquement…

Sa mastication cesse un instant. Une lueur de déception lui traverse le regard.

— Roste ? Impossible ! Ce chien est fou, m'sieur Georges. Vous savez bien qu'il passe sa vie au bout de sa chaîne. Il ne connaît que ses propres maîtres ! Et encore... Vous l'avez vu ? Il mord sa niche tellement il est furieux d'être attaché ! Fou furieux, oui ! Il a déjà blessé Albert ! Non, m'sieur Georges, croyez-moi, c'est pas évident : personne ne rentre sans qu'il soit attaché à sa niche... Personne.

— Et il n'était pas attaché ?

Il gémit :

— Si, m'sieur Georges... Mais il avait sa longe ! Puisque je vous dis que les Richart ne l'attachent court que pour les visites !

— Eh bien voilà, Hervé, dis-je agacé par son ton plaintif. Marcelle a eu de la visite. Alors, elle a attaché le malinois à sa niche. Le ou les visiteurs l'ont abattue dans l'étable...

Il m'interrompt avec impertinence :

— Mais non, m'sieur Georges ! Et les visiteurs ont détaché le fauve avant de s'enfuir ? C'est pas évident !

Là, Hervé a marqué un point. Mon hypothèse ne tient pas. Un visiteur dans la campagne d'automne se repère de très loin. Dans le microcosme de Neu-Cappel, la surveillance des uns envers les autres n'a rien à envier à celle de Roste. Bien plus efficace que l'omniscience divine ! Le village me paraît l'endroit le plus mal choisi pour un crime parfait.

Deuxième mystère, comment expliquer que la fermière n'a pas entendu son agresseur ? Le fichu serré sur les oreilles et le bruit des bêtes ne pouvaient pas l'assourdir totalement.

Mes réflexes cartésiens demeurent et je songe que la gendarmerie risque d'explorer une autre piste, banale et presque rassurante : le mari, coupable par défaut… Ils vont soupçonner le maître, désigné indirectement par le caractère intraitable de son chien. Le vague témoignage d'Émilienne visait peut-être à innocenter son fils. Rien de bien original, en somme. J'imagine d'ici l'article du prochain *Indicateur des Flandres* : « Drame de la mésentente ! » L'hebdomadaire relatera l'histoire d'un mari aigri par les continuelles vexations que lui faisait subir sa femme. Pas d'alibi et, si l'on exclut la déclaration d'Émilienne, personne en vue à l'heure du crime sauf le cerbère irascible qui ne connaît que son maître… Décidément, innocent ou coupable, Albert paraît compromis.

Pourtant, il subsiste toujours ce détail bizarre dans la grange qui m'échappe encore. Mais mon esprit est trop confus. Je n'arrive pas plus à le formuler qu'à me souvenir de mon propre emploi du temps, ce matin-là. Que faisais-je donc dans cette église ?

Hervé prend congé.

— C'est pas évident… J'y vais, m'sieur Georges, je vais interroger Jean. Il doit bien y avoir quelqu'un dans le village qui a vu quelque chose ! Sa maison donne juste devant la ferme des Richart.

Il extirpe une feuille de calepin et me la tend :

— Regardez, m'sieur Georges, on a dessiné plusieurs plans des lieux. Je vous en laisse un.

Il farfouille dans ses poches d'un air préoccupé :

— Où est mon trousseau ?

Avec l'expression inquiète d'un élève devant un problème insoluble, il murmure :

— J'ai perdu les clés de la gendarmerie… Je suis parti si vite ce matin.

Il saute lourdement sur lui-même dans un cliquetis et sort le trousseau de son étui de revolver, et, livide, déclare la seconde d'après :

— Où est passé mon pistolet ?

Suis-je détruit ? Pour moi, la paix est un écho affaibli de la guerre, le silence, un cri de haine muet, et le Code civil un traité stratégique…

Et l'homme ? L'accusé des Écritures, responsable d'avoir perverti la création divine en la personne d'Adam, premier prédateur croquant le mal avec la complicité de sa femelle.

Dois-je vraiment croire au mythe adamique ?

Dois-je croire Rousseau quand il nous apostrophe : « Homme, ne cherche pas l'auteur du mal, cet auteur… c'est toi-même. ». Selon lui, la société humaine serait la première cause du mal. « Je vois le mal sur la terre… » La planète avait-elle été un éden extatique avant l'avènement de l'homo sapiens ?

Non, l'homme sauvage n'est sûrement pas ce bipède respectueux décrit par Rousseau, mais un prédateur qui tirait les cheveux de sa femelle, avant de la posséder brutalement pour enfanter l'empire humain censé durer mille fois mille ans ! Le bon sauvage… Fantasme philosophique d'une équanimité impossible…

L'homme inventeur du mal ? Ma misanthropie résiste à cette tentation : les catastrophes naturelles sont les premiers crimes sans coupable : séismes, inondations, irruptions… Moi, le matérialiste, j'entends dans le ciel un silence désolé ; je ne discerne dans le bleu de son azur qu'une illusion d'optique et ne lis dans le paysage que les cataclysmes du passé. Oui, je conteste à ce primate parvenu et savant l'invention du mal.

Mais, Dieu, qu'il en use bien !

10

La bouille préoccupée, Hervé sort en claquant la porte. Je reste devant deux bols vides, tourné vers la fenêtre, le dos chauffé par la cuisinière. Ainsi, Neu-Cappel a basculé dans le crime. Ses commères vont se repaître des présomptions pesant sur Albert : suspect idéal, assassin présumé, bientôt offert en pâture aux ragots. Pas d'alibi, des mobiles quotidiens accumulés au fil d'un mariage dominé sans partage par sa femme. Un drame très ordinaire finalement, banal comme le mal : une querelle de ménage, un époux qui passe à l'acte et obtient réparation de vingt années d'humiliations et assène l'infirmation définitive d'une faiblesse rabâchée à longueur de vie commune… Albert, après avoir enduré la cohabitation avec *La Richarde*, aura désormais à subir les conséquences de sa disparition.

C'est ainsi. Le monde des hommes vient de vivre la tuerie la plus monstrueuse de l'Histoire et n'entend plus accepter le moindre homicide. Cinquante millions de morts en cinq ans, et mes paysans vont se focaliser sur une mégère assassinée, fauchée parmi ses vaches d'un coup fatal dans la tête…

Ma blessure me lance. Les événements de la matinée ne trouvent pas leur place dans ma mémoire défaillante. Dehors, il pleut toujours. Sous le ciel blafard, la rue du village est déserte. Les murs de briques suintent. Chacun protège son intimité, enfermé à ressasser, incrédule et captivé, l'exécution de *La Richarde*. Tout bien considéré, la mort lui confère une respectabilité inespérée : une fin romanesque d'une vie qui le fut si peu. Épreuve suprême, inclinant les têtes les plus curieuses, réduisant au silence les langues les plus venimeuses, reconnaissantes pour ce macabre divertissement qui distrayait l'ennui des mornes rescapés.

Pour me changer les idées, j'étudie le plan laissé par Hervé. Faites un croquis quand vous ne trouvez pas, ai-je seriné à mes élèves. Le Kleindorp. La ferme des Richart, les maisonnettes louées à Émilienne et Jean… Derrière, le bois de la Becque, chasse gardée du comte… Les bois… Et si la réponse était là ?

L'après-midi s'étire le long de cette journée pluvieuse et je n'ai toujours pas mangé. J'attrape du pain, du fromage, un flacon de pain liquide et pars pour la troisième fois de la journée affronter l'extérieur.

Au Kleindorp, deux conduites intérieures stationnent dans la cour des Richart.

Dos à la fenêtre, Jean se repose, son livre de chevet sur les genoux. Il me souhaite la bienvenue, les yeux rivés sur ma bouteille. Il évoque la visite d'Hervé et ricane :

— Notre ami veut savoir qui a commis le coup… Je n'ai rien entendu, je n'ai rien vu, il a été déçu !

Il ajoute, songeur :

— Il me paraît perdu. Quelle curieuse idée de s'engager dans la gendarmerie !

Je m'abstiens de commenter la vocation d'Hervé.

— Déçu ? Pas sûr… C'est une information en soi.

Jean attaque son verre. Son regard indique qu'il saisit le sens de la remarque. Perplexe, il hausse les épaules :

— M'sieur Georges ! Ils ne vont pas tout de même pas accuser cet abruti d'Albert sous prétexte qu'ils n'ont personne d'autre à arrêter ? Au moins une vingtaine de personnes auraient aimé descendre *La Richarde*. L'une d'elles a eu le cran de le faire, c'est tout. Mais Albert est incapable de la moindre action courageuse ! Au fait…

Son visage prend une expression ironique :

— Vous avez peut-être intérêt à cacher votre pistolet, m'sieur Georges… Après tout, Marcelle n'était pas vraiment votre amie. Vous y avez pensé ?

Le pistolet ? Bien sûr… Je garde le silence en songeant aux événements du matin. Oui… Il leur faudrait un coupable. S'il fallait arrêter tous les gens qui avaient eu une intention criminelle, les neuf dixièmes de cette damnée planète seraient sous les verrous !

— Il faudrait décorer le gars qui a fait ça, déclare-t-il.

— Ah là, Jean, je ne te suis plus ! Tu ne voudrais quand même pas que les gens règlent leurs litiges comme au farwest… les armes à la main ?

— Il y a une autre manière ? grince l'invalide.

Il s'offre une nouvelle rasade. Comme il a changé ! Où est l'élève ouvert que j'ai tant apprécié ? Son humour est devenu cynisme ; son dynamisme, provocation. Bien sûr, il doit en avoir autant à mon service. Son instituteur débordant de réponses est revenu dans la peau d'un vétéran aigri et malade, fuyant les enfants comme un père endeuillé, pilonnant ses certitudes passées d'interrogations sans fin.

La bière fait déjà son œuvre et Jean bredouille :

— Le mal, c'était elle… Elle n'a pas volé ce qui lui est arrivé. Dommage que ce soit trop tard pour Noël. C'est trop tard pour des millions d'autres…

Il boit à cette oraison funèbre. Ainsi, dans le corps amorphe de Jean, la guerre se prolonge ; pour ses infirmes et ses morts, elle continuera à jamais. Il exhibe le sourire pathétique de l'homme imbibé. Agressif, il poursuit :

— Cinquante millions de morts ! Deux fois la France rayée de la carte ! Et vous voudriez que je me lamente sur le sort d'une vieille grippe-sou ? Elle n'aura pas une larme, pas un regret !

Ses prunelles se dilatent derrière ses lunettes :

— Elle s'enrichissait pendant que les cobayes pourrissaient dans vos blocs. Pourquoi ne me dites-vous pas ce qu'ils ont fait ?

Je n'ai pas envie de répondre. Comment en vouloir à cet homme brisé, tassé de frustrations sur sa chaise, vibrant de douleur sourde ? Ces jumelles… Ces regards stupéfaits de s'être trompés de monde.

— C'est difficile pour moi, Jean…

Je détourne la tête vers la fenêtre :

— Dans le Bloc 10 où j'étais affecté, les médecins SS expérimentaient sur les prisonnières. Ils les appelaient leurs *Kaninchen*[21]. Ils pratiquaient l'expérimentation sur les hu-

---

[21] Kaninchen : lapins.

mains comme d'autres sur les animaux. Les programmes étaient ambitieux : la stérilisation de masse pour que les indésirables ne se reproduisent pas… Les médecins administraient aux cobayes des piqûres de caladium[22] : en intraveineuse, en intramusculaire, dans la colonne, les organes génitaux… C'était une thérapeutique épouvantable ; au bout de quelques jours, celles qui ne parvenaient plus à marcher étaient envoyées à la chambre à gaz.

Je poursuis en dépit du regard troublé de Jean.

— La suite du programme concernait le traitement des femmes stériles. Les survivantes recevaient de multiples drogues pour retrouver leur fécondité cette fois… Je voyais leur peau se chiffonner, leur corps se décatir ; l'orbite de leurs yeux se creuser. Elles s'étiolaient au fil des jours. Jean, ces femmes devenaient totalement dénaturées.

Il ne pipe mot. Je conclus avec réticence :

— Parmi elles, il y avait deux jeunes Hongroises. Des jumelles... de seize ans, mais elles en paraissaient deux de moins : ce n'était que des enfants. Je les vois encore : elles portaient une robe de coton léger, frappée d'un triangle jaune sur la poitrine et d'une croix rouge dans le dos. J'ai tenté de les aider comme j'ai pu. Je leur donnais mes rations de soupe. J'imaginais des stratagèmes pour leur éviter les injections. Mais ce fut pire que tout. Le médecin-chef s'aperçut de mon manège et les harcela par simple jeu. Juste par malveillance.

---

[22] Le caladium seguinum est extrait de la sève de la *schweigroher*, plante d'Amérique du Sud ayant la particularité de provoquer la stérilité des animaux.

J'ajoute trop bas pour qu'il m'entende :

— Aujourd'hui, leur regard me poursuit…

Tout Neu-Cappel connaît mon affection pour les enfants. Jean s'excuse d'un mot, mais son expression reste maussade. Ce visage dur… Mes soupçons refont surface. Et si c'est lui qui a tué *La Richarde* ? Il sait parfaitement manier un pistolet. De chez lui, le porche de la ferme Richart apparaît comme un rectangle obscur, à peine plus gros qu'un livre. Je tente de le visualiser, poussant les roues de son fauteuil sur le chemin boueux et défoncé pour débusquer sa victime dans l'obscurité de son étable. Improbable. Entrer dans la cour de Roste ? Impossible. Non, je m'égare. Pourtant… Quelque chose m'échappe encore.

Je laisse Jean en compagnie de ma bouteille et retourne chez moi, déprimé, secoué de hoquets de bière. Quelques paysans travaillent encore aux champs, silhouettes floues derrière un voile de bruine. Il faut bien que la vie continue. Et là réside l'injustice.

Mais alors… Si ce n'est l'homme… Qui ? Que pourrais-je répondre à vos regards sombres qui m'apostrophaient du fond de leur douleur pantoise ? Le mal est en nous, perpétuellement en devenir comme un cancer latent, égrainant son compte à rebours dans ce souffle court pour échapper à l'inéluctable.

Pauvre Plotin. Pauvres idéalistes ! Trop honnêtes pour voir en la souffrance une forge où l'on trempe les âmes, ils préfèrent s'en remettre à un au-delà immaculé.

La solution serait-elle là ? Un arrière-monde où l'âme quitterait le corps en s'affranchissant du chagrin, des désirs et de la crainte, où le péché ne pourrait s'incarner…

« Les maux existaient avant nous » affirme Plotin, anticipant ainsi les lois impitoyables de la sélection naturelle. Les crocs d'un chien, l'agonie d'un cochon, la violence d'une parturition, sont là pour rappeler que le mal s'inscrit dans l'histoire de la vie, de la naissance douloureuse et fragile, à la dégénérescence misérable pré mortem. Ainsi, la vie serait souffrance, comme le prétendent les Orientaux et Kant avec son « Das radikal Böse » ?

Mais l'homme, quel est son rapport au mal ? Bipède pensant, bien après tant d'espèces pétrifiées dans les strates de l'évolution ? Oui, l'homme ? Rien d'autre qu'une créature capable de l'identifier, et suffisamment perverse pour l'exploiter.

Est-ce ma réponse à Sofia et Nadia ? La souffrance est-elle une donnée intrinsèque de la vie, juste préalable au péché, simple décision d'en user ? Le péché, facette morale du mal, en serait alors la conséquence bien avant d'en être la cause ?

Dans ce cas, l'homme n'aurait rien inventé. Ni la souffrance ni la mort…

11

Durant trois jours, Hervé, accaparé par la première instruction criminelle de sa fraîche carrière, reste invisible. Ma main entaillée cicatrise. Mais cette blessure reste une énigme au même titre que ma présence dans l'église, ce matin fatidique. Je m'interroge souvent sur le lien de mon aventure avec la mort de Marcelle et me demande si les deux affaires simultanées ne sont pas liées par le même mystère. À qui me confier ? Augustine est fatiguée, Jean noie son amertume. Dimanche, Marieke viendra et je lui parlerai.

Nous sommes lundi et je n'ai pas parlé à Marieke, retenue à l'hôpital de Dunkerque. Elle multiplie les services et Augustine m'a annoncé que sa nièce reprendra ses études à Lille à la rentrée prochaine.

Il est presque midi ; je me fais réchauffer un bol de soupe. J'entends un pas lourd dans le vestibule. Je reconnais une façon familière de claquer la porte : Hervé entre sans frapper depuis toujours. Essoufflé, il déclare d'un ton forcé :

— Bonjour, m'sieur Georges, comment allez-vous aujourd'hui ?

— Pas mal, Hervé. Et toi ? Ton enquête avance-t-elle ?

Il exécute une de ces grimaces coutumières, consistant à remonter les lèvres vers le nez tout en plissant le menton qui se crevasse de mille plis :

— Beaucoup moins facile que prévu ! Beaucoup, m'sieur Georges ! C'est pas évident…

Je lui tends un bol de soupe aux pommes de terre en attendant la suite. Il ouvre le tiroir du buffet et brandit une cuillère :

— Pour mes supérieurs, au départ, c'était simple : Marcelle a été assassinée par celui qui avait tenté de l'abattre quelques semaines avant. C'est logique…

Il aspire bruyamment le liquide brûlant.

— Logique ? L'assassinat de *La Richarde* par Noël ?

— Ben oui, m'sieur Georges. On avait déjà une plainte pour tentative de meurtre… Rien de plus évident.

Pour Hervé, les problèmes se classent en deux catégories : les évidents, agréables et rassurants, et les autres, suspects parce que difficiles, posés pour importuner les élèves. Je me fâche :

— Évident ? Mais enfin, Hervé… Noël n'a plus de pied. Il va avoir soixante-dix ans, il n'a plus toute sa tête. Tu le vois débouler dans la cour, sprintant dans son fauteuil pour échapper au chien, abattre Marcelle d'un coup de pistolet, puis repartir comme il est venu ? C'est absurde !

Je retrouve les accents acerbes de l'instituteur et, penaud, il baisse la tête.

— Oui, oui, je sais bien… Remarquez, m'sieur Georges, comme dit le lieutenant, on peut dire ça pour tous les suspects ! Pour Émilienne, pour Noël, pour Jean, pour vous, m'sieur Georges… Seulement voilà : il a bien fallu que quelqu'un fasse le coup, non ?

Il évite mon regard. Je relève :

— Pour moi ?

— Oui, enfin… Je disais ça comme ça ! Vous avez eu des mots avec la victime.

— Tout le village a eu, un jour ou l'autre, des mots avec *La Richarde* !

Il se trouble et n'ajoute rien.

— Bon… Et Noël ?

— Innocent, m'sieur Georges… répond-il, piteux. Il a un alibi. Pendant le meurtre, il déjeunait avec les autres pensionnaires de l'hospice d'Hazebrouck.

Je hausse les épaules :

— Et maintenant ?

— Ah maintenant… Nous avons un nouveau suspect…

Hervé prend un air mystérieux. Encore cette mine rusée et fuyante que je lui connais trop bien.

— Albert Richart ?

— Ah, vous saviez ? s'étonne-t-il.

— Simple question de logique, Hervé. S'il est coupable, Albert a commis l'erreur de ne pas abattre son chien avant sa femme...

Mon ancien élève souffle sur sa soupe avant de confirmer avec assurance :

— C'est aussi ce que dit le lieutenant.

Incapable de pensée propre, éponge de l'autorité, Hervé adopte maintenant les opinions de son supérieur.

— Vous avez une preuve ?

— Heu…

— Et si ce n'est pas lui ?

Le sous-officier s'étrangle. Je m'agace :

— Vous n'avez aucune preuve. Vous allez le relâcher et ce sera le tour de qui ? Tu vas arrêter tout le village, ainsi ?

— Mais…

— Hervé, cette affaire ne va t'apporter que des ennuis.

La sueur perle sur son visage. Puis il se reprend et secoue la tête avec détermination :

— Quelqu'un a tiré, monsieur Georges. Forcément, la balle n'est pas rentrée comme ça…

Sa remarque anodine fait mouche : subitement, je revois les courses des déportés, sac à l'épaule, zigzagant pour échapper aux tirs des vigiles. Je comprends alors ce qui ne colle pas dans la scène du crime. Marcelle dans la paille près du porche, à quelques mètres de ses vaches, une balle dans la tête… Il y a une différence fondamentale. Je scrute le front obtus de mon gendarme et doute que les enquêteurs se soient posé la même question que moi…

Les évènements se précipitent. En fin d'après-midi, je reçois la visite d'Yvonne avec un panier rempli de victuailles.

— De quoi vous requinquer, m'sieur Georges !

Uh… uh… Elle pose ses bocaux et ses paquets gras sur la table. Je m'interroge : pourquoi le fait-elle ? Peut-être éprouve-t-elle de la satisfaction à martyriser mon estomac. Je dois être paranoïaque : la mairesse ne veut que me remplumer. J'ouvre le papier huileux qui enveloppe les têtes pressées et murmure un remerciement.

— Vous savez la nouvelle, m'sieur Georges ? Ils ont arrêté Albert Richart.

Ses yeux perçants démentent son ton catastrophé. Les *têtes pressées* ne sont qu'un prétexte : Yvonne est la messagère du village. La nouvelle me contrarie plus qu'elle ne m'intéresse.

— Il a avoué ? demandé-je.

Un détail ! Elle hausse les épaules avec assurance.

— Oh ! C'est une affaire de temps, m'sieur Georges…

Je reste silencieux. Sa bouche esquisse le sourire gras de la diffamation au-dessus du goitre flageolant de son double menton, calomnie qui prospère sur la glaise des frustrations, nourrie des mauvaises haines contraintes et irriguée par ce faux courage que donne le confort de la majorité.

Je la plante et descends les terrines dans ma cave pour ne plus les voir. Quand je remonte, Yvonne est repartie, sans doute chez un auditeur plus enthousiaste.

Quelques jours passent. Je reste cloîtré chez moi et ne vois plus personne. Augustine me rapporte les nouvelles : le village bruisse d'informations contradictoires, de jugements péremptoires en vertu de la règle totalitaire de la présomption de culpabilité. Apparemment, Albert est en garde à vue à la maison d'arrêt d'Hazebrouck où on essaye de lui arracher des aveux.

Je me remets en cause. Instituteur, je ne me conduisais pas autrement. Un incident de juin 1938 me revient en mémoire. Le souvenir lointain d'un Georges Courcelles jadis rempli de certitudes. Un jour, pour nourrir la réflexion des élèves sur les miracles de la nature, j'avais ramené en classe une édition rare de ma lourde encyclopédie du corps humain. C'est un ouvrage introuvable auquel je tiens avec une jalousie de jeune marié. Des centaines de planches de croquis, jaunis par le temps, émaillés de références latines. Pendant la récréation, j'avais laissé ouvert le livre sur mon bureau. À mon retour dans la classe, je l'ai retrouvé sur le sol, retourné sur des pages chiffonnées et déchirées. La colère m'a tenaillé. « Qui a fait ça ? » Menaces, manipulations, promesses de châtiment collectif. Devant la classe transie, je me suis livré à un numéro de férocité inhabituel. Je n'avais de cesse de retrouver le fautif. Pourtant, rien ne pouvait rendre l'intégrité à mon livre. À l'évidence, la faute était involontaire. La recherche du coupable n'est que l'expression de notre colère. Son aboutissement ne règle pas la souffrance commise, et n'entraîne aucune garantie concernant l'avenir. Il me semble même aujourd'hui qu'elle l'amplifie. Un élève s'est dénoncé. Le bougre avait tourné les pages avec curiosité, et déséquilibré le gros livre qui était tombé sur l'estrade : l'enfant avait déchiré les pages en essayant de le retenir. Je l'ai puni avec un : « ça t'apprendra à respecter les choses ! ». Cette sentence n'a plus de sens, je le sais pour avoir vu dans les camps suffisamment de tortionnaires soigneux respectueux des *choses*, bien plus que des gens.

Une semaine s'écoule encore. Voilà maintenant quinze jours que *La Richarde* a été tuée. Un matin, Hervé est revenu partager mon café matinal. Contrairement à son habitude, il met du temps à s'asseoir. Je connais bien mon gendarme avec ses silences gênés de gamin mal dans sa peau. Je l'encourage :

— Alors ? Ton enquête se déroule comme tu veux ?

Je lui sers un bol, puis ajoute un nuage de lait. Il esquisse sa mimique habituelle avant de lâcher :

— Vous aviez raison, m'sieur Georges : ce n'est pas Richart qui a tué sa femme…

Il hésite, se balance sur sa chaise entre la déontologie du gendarme et le besoin de s'épancher de l'élève.

— Il nie. Et nous n'avons pas de preuve. Il a effectivement menti : il n'était pas chez lui au moment du meurtre. Il chassait dans les bois de la Becque ! Monsieur le comte a déposé plainte car Albert lui a tué un cerf. Il l'a surpris le matin du meurtre dans son bois. Albert n'est pas un criminel, juste un braconnier.

Je ne suis pas étonné. On savait que le couple le plus riche du canton maraudait comme de vulgaires vagabonds en survie, victimes de cette infirmité du cœur consistant à toujours prendre sans jamais donner. Pourtant, cette nouvelle me trouble. La reprise de l'enquête à zéro me perturbe. Je soupire : je m'attends à de nouveaux interrogatoires, le harcèlement pour tous ceux qui de près ou de loin avaient des raisons de détester *La Richarde*…

12

Pour donner un second souffle à l'affaire, les autorités judiciaires ont diligenté un lieutenant nommé Secourt. Hervé a perdu l'initiative et les deux gendarmes multiplient les interrogatoires. L'affaire du Kleindorp mobilise la puissance publique qui, dans ce climat délétère de la Libération et de ses règlements de compte, a la volonté de remettre de l'ordre dans le pays. Après cinq années d'occupation, d'humiliation et d'arbitraire, les politiques veulent le retour d'une justice digne de ce nom.

Trois semaines après l'assassinat de *La Richarde*, après la mise hors de cause de Noël, puis d'Albert, l'enquête semble au point mort. Neu-Cappel connaît un calme apparent, mais personne n'oublie l'existence d'un criminel assez rusé pour se jouer d'un molosse et doué du pouvoir d'invincibilité. Mais le village reste tendu, chouinant de médisances murmurées derrière les tentures à carreaux, de pénitences basses dans le secret du confessionnal et de papotages semi-publics livrés avec le pain frais du jour aux commères institutionnelles.

Augustine s'épuise en prières qui s'égarent dans le vide du ciel comme les volutes d'une cigarette. Jean, quant à lui, s'abîme dans l'amertume de la bière locale. Pour ma part, je me borne à ces vaines randonnées dans les rayons de ma bibliothèque et à la calligraphie impuissante sur mon cahier d'écolier. Marieke se fait rare. Je regrette que sa vie dunkerquoise la sollicite autant.

L'après-midi est avancée. À la fenêtre de la cuisine, la nuit automnale tombe déjà. Ma table est encombrée de livres ouverts et de notes éparses. Je relis Burton et ses remèdes utopistes quand j'entends la clinche de ma porte d'entrée. La silhouette épaisse d'Hervé s'encadre alors dans l'embrasure. Mais contrairement à l'habitude, il ne s'assied pas et reste campé, les jambes légèrement écartées dans sa posture faussement assurée. Raide comme la justice, rouge comme un gigot de Pâques, il me tend en bredouillant une convocation à la gendarmerie :

— Désolé, m'sieur Georges… Heu… Le lieutenant voudrait vous voir à Hazebrouck demain matin…

— En quel honneur ?

— Au titre de témoin, m'sieur Georges, oui, de témoin bien sûr, s'empresse-t-il d'ajouter de sa voix essoufflée.

Je vois ce que sa démarche lui coûte. Je jette un coup d'œil indifférent sur le courrier frappé du drapeau tricolore. Je fixe mon adjudant sans chercher à dissiper son embarras et secoue la tête :

— Moi aussi, je suis désolé : tu diras à ton lieutenant que je ne sors pas en ce moment. Je ne peux aller à la ville.

Le gendarme cligne des yeux. Ses genoux fléchissent. Sa voix franchit immédiatement une octave. Il proteste de son ton geignard :

— Vous ne voudriez pas qu'il vous fasse chercher, m'sieur Georges ! Le lieutenant a pris l'enquête en main… Et vous savez, il n'est pas tendre ! Il va aussi convoquer Jean.

J'ai l'intuition de la prochaine Une de l'*Indicateur des Flandres*. Une mauvaise photo de Jean dans sa chaise encadrée de justiciers en képis. Et moi menotté, baissant les yeux à la lumière du jour comme un coupable…

— Pas question !

Je tends l'index :

— Vous allez laisser Jean tranquille ! Tu ne penses pas qu'il a assez souffert ?

Tétanisé, Hervé baisse les yeux comme un élève puni.

— On ne bougera ni l'un ni l'autre. Raison de plus pour que ton lieutenant se déplace ! Alors, s'il n'est pas satisfait, qu'il vienne m'arrêter, je connais la procédure !

— Ne dites pas ça m'sieur Georges…

Le sous-officier se coiffe tristement de son képi. Trop furieux pour en rester là, je lance :

— Albert, Noël et moi… Jean, pourquoi pas ? Il a abattu Marcelle de chez lui, peut-être ? À trois cents mètres ? Vous êtes fous, ou quoi ? Pourquoi pas Émilienne ou le curé ? Vous allez interpeller tout le village comme ça ? Des vieillards, des communistes, des infirmes ? Vous ne savez faire que ça : enfermer les gens ? Vous êtes tous des incapables !

J'ai crié et un silence pesant succède à ma diatribe. Hervé m'adresse un nouveau regard perdu avant de s'éclipser sans répondre, dans un soufflement étouffé.

Le lendemain, à la première heure, une voiture de police se gare devant chez moi. J'ai de la visite.

Hervé fait les présentations : le lieutenant Secourt paraît un peu plus âgé que lui. Environ trente-cinq ans. C'est un homme sec, le visage long et les pommettes saillantes, le regard calme et précis de l'homme qui a pris la mesure de ses responsabilités. Ses maxillaires se contractent en permanence, broyant un chewing-gum imaginaire. Plus balourd que jamais, Hervé le suit comme une ombre déformée et obséquieuse.

Les deux gendarmes me saluent sans me serrer la main. Je les fais asseoir dans la cuisine. Secourt refuse froidement le café que je lui offre. La mine triste, Hervé en fait autant. Le lieutenant jette un coup d'œil inquisiteur à *L'Antéchrist* ouvert sur la table. Puis il repousse l'ouvrage pour poser son képi avant de déclarer avec une courtoisie glaciale :

— Monsieur Courcelles, nous vous dérangerons le moins longtemps possible. Je sais que vous sortez d'une épreuve.

— Allez-y, dis-je.

— Très bien, monsieur Courcelles… Nous enquêtons sur la mort de madame Richart. Pouvez-vous nous indiquer votre emploi du temps de la matinée du quinze octobre ?

L'officier garde les yeux baissés sur son carnet de poche rempli de notes. Je riposte :

— Je suis suspect, c'est ça ?

— Il y a eu un meurtre, monsieur Courcelles… fait l'autre calmement. Nous reprenons les investigations à zéro. Que faisiez-vous ce matin-là ?

— Ce que je faisais ? Vous savez, mes journées se ressemblent beaucoup ! répondis-je après un moment de réflexion. Je suis en convalescence et cela fait des semaines que je ne sors presque jamais.

Secourt griffonne quelques mots, avant de lâcher :

— Continuez.

— Voyez-vous, je suis agoraphobe depuis ma captivité. Je ne sors pratiquement pas le jour.

Il noircit son calepin pendant une minute comme si j'avais prononcé un discours. Puis il feuillette d'un air concentré les pages précédentes en jouant des muscles des maxillaires. Le regard hypnotisé d'Hervé ne perd pas un de ses gestes. Après un long silence, le lieutenant reprend en secouant la tête :

— Agoraphobe, hein ?

— Oui. Quand je suis à l'extérieur, je me sens oppressé.

— C'est ça. Agoraphobe quoi…

Pour souligner sa confirmation ironique, l'officier jette un bref coup d'œil en direction d'Hervé :

— Pourtant, à l'annonce de la mort de madame Richart, vous avez suivi l'adjudant sur le lieu du crime.

Je hausse les épaules.

— À sa demande, lieutenant. Je pensais bien qu'Hervé vous l'avait signalé.

Railleur, il acquiesce avant de rétorquer :

— Et ? Vous n'étiez pas… agoraphobe à ce moment-là ?

Je connais un instant de flottement. Non de l'embarras, mais j'hésite sur la conduite à tenir face à la tournure vaguement menaçante de l'interrogatoire. Le lieutenant me scrute et je soutiens son regard. Les yeux saillants d'Hervé accompagnent nos échanges. Je décide de durcir le ton :

— Je combats l'agoraphobie comme je peux. Je la ressens moins quand je suis accompagné.

Il note scrupuleusement ma réponse.

— Pourquoi vous être déplacé sur les lieux du crime ?

— Je viens de vous le dire, lieutenant. D'ailleurs, nous ignorions qu'il s'agissait d'un crime. Nous pensions alors à un accident… Je pouvais me rendre utile.

— Vous rendre utile ? Vous êtes médecin ?

L'ironie se fait lourde. Je sens la colère monter comme une crue de la Becque.

— J'ai commencé des études de chirurgie avant la Grande Guerre. J'ai servi comme infirmier.

Nouveau griffonnage insultant.

— Et avant la visite de l'adjudant ? Vous n'étiez pas sorti, ce matin-là ?

— Je n'en ai aucun souvenir, lieutenant.

Sa bouche dessine un demi-sourire sardonique. De son stylo, il vise avec décontraction un endroit de sa page pour y déposer un point ostensible, et claque bruyamment son calepin pour indiquer qu'il en a assez pour le moment. Sa main gauche s'empare de son képi, imitée par celle d'Hervé bien synchronisé. Ce mimétisme m'agace :

— Vous allez interroger tout le monde, comme ça ? Le cafetier, le maire, le curé ? L'instituteur maintenant ? Vous voyez bien que nous avons besoin de paix après toutes ces épreuves !

— La paix ?

Il me tance de son air supérieur :

— Exact, on est en paix ! La guerre est terminée…

La mauvaise foi des évidences... Celles que l'on assène pour mettre les imbéciles de son côté. C'est à ce moment que je dérape :

— Lieutenant, que faisiez-vous, pendant l'Occupation ?

Il garde un silence stupéfait. Je m'enferre :

— Et le 6 juillet 42 ? Étiez-vous à Compiègne par le plus grand des hasards ?

Il cille sans comprendre :

— Le 6 juillet 42 ? Je faisais mon métier, monsieur Courcelles !

Mon estomac se noue :

— Votre métier ? Ah ! La guerre a été faite par tous ces gens dont c'était le métier. Chacun pense avoir fait son devoir, y compris les gendarmes qui surveillaient la gare d'où nous sommes partis pour Auschwitz.

Secourt se lève d'un bond, imité sur-le-champ par Hervé, et monte le ton :

— Vous insinuez que je suis un collaborateur, un nazi ?

— Les nazis ? Oh vous savez, rétorqué-je, nous sommes tous des nazis en puissance. Il nous a juste manqué d'être Allemands ! Croyez-moi, les nazis sont des gens très ordinaires.

Le sang se retire du visage du lieutenant. Très pâle, l'officier semble hésiter : me gifler ou quitter la pièce. Tenant compte de ma condition physique, il opte pour le départ et lâche :

— Très bien, monsieur Courcelles. Restons-en là… *Pour aujourd'hui…* Nous reviendrons.

L'avertissement est une menace à peine voilée. Les deux gendarmes me quittent sans un regard. Ma porte claque derrière eux comme celle d'une geôle. J'entends la voix plaintive d'Hervé prendre ma défense : « Faites pas attention, mon lieutenant, m'sieur Georges, il est bizarre en ce moment… ».

Bizarre, oui… Si bizarre que je me suis retrouvé à l'église le matin du meurtre. Ce n'est pas un alibi : il y a un trou noir dans mon emploi du temps, une blessure à la main et une voix récurrente qui m'encourage : *Vous pouvez le faire…*

Nous reviendrons… Je n'en ai pas fini avec eux et je sais que le plus déplaisant est à venir.

Ils vont venir me chercher ce matin.

Une dernière nuit de liberté…

Dehors, il fait froid, mais l'obscurité me rassure. Ils se trompent, tous ces enfants qui craignent les ténèbres : le soleil est plus cruel que la lune et les hommes sont plus dangereux que les fantômes.

Cette nuit, je connais votre réponse… Pourtant, je ne peux consoler vos sanglots épuisés. Je ne peux davantage vous réconforter : la vie est souffrance. La vérité terrible embrase jusqu'aux livres qui l'ont évitée : le mal est aisé parce qu'il est latent, enveloppant de menaces chaque seconde qui passe, frappant sans pourquoi, se nourrissant de jeunes filles, guettant les gibiers, faisant vibrer les vieilles… Voilà la nouvelle : il broiera aussi vos tortionnaires. Ce jour-là, peut-être, votre souffrance taraudera leur conscience. Ils intégreront ce que vous avez appris trop tôt : la vie est une aventure fugitive, sans fin heureuse. Seule l'ombre de l'oubli nous protège des vertiges du désespoir.

Froide, la nuit enveloppe cette maison que le silence dilate. Je ne dors pas et j'ignore s'il y aura un lendemain. Dans la cuisine tiédie, la plaque du feu continu rougeoie, irradiant ses ondes et une odeur piquante de papier brûlé.

Il est minuit, l'heure du mal en sommeil. Le feu ronronne et claque. Je regarde les livres étalés sur la table : ils n'ont rien empêché, parce que rien n'est possible. Ces philosophes n'ont d'excuse que leur propre mort, la nuit où ils se sont tus.

Aristote s'enflamme dans le foyer : « Que l'homme cherche à s'immortaliser… » Voilà bien le leurre ! Je jette un deuxième livre dans les braises pourpres. Le feu feuillette Le Léviathan *d'Hobbes… « Le mal est relatif ». Mes paumes glacées s'ouvrent à ses premières flammes.*

13

La pièce est grise et dépouillée : un cube régulier sans fenêtre chichement éclairé par une ampoule nue au bout d'un méchant fil torsadé ; quatre chaises, une table, les barreaux d'une porte verrouillée de l'extérieur projetant leurs ombres rectilignes sur les murs sales. Depuis mon incarcération à la maison d'arrêt d'Hazebrouck, mes sentiments sont anesthésiés. La précipitation des évènements m'a plongé dans une indifférence autodestructrice. Qu'importe d'être privé d'une liberté trop encombrante ? Les trois années de captivité dues à un vague délit d'opinion m'ont ôté toute capacité de révolte physique. Mille jours d'agonies répétées ont eu raison de mon instinct de survie. Je me sens juste sursitaire à un point confinant au suicide ; la perspective même de la guillotine me semble abstraite et anecdotique.

Personne… Ils me laissent mijoter. Le temps est suspendu. J'entends parfois l'écho lointain d'une voix, le cliquetis des clefs dans une serrure. Les enquêteurs m'ont abandonné ici, livré à ma culpabilité patente, soulignée par l'arrestation, les menottes, la tête baissée de celui qui a renoncé. Je les imagine, perquisitionnant ma maison, fouillant mon passé, dressant tous ces éléments à charge pour l'hallali triomphant ; mon journal saisi comme pièce à conviction. C'est le récit d'un homme qui n'en a plus... Les heures s'égrainent et la fatigue me monte aux yeux. Je tiendrai. Les gendarmes avaient sous-estimé mon endurance.

Secourt entre seul. Hervé échappe à mon interrogatoire. Le lieutenant s'installe devant moi ; visage fermé, il pose son calepin sur la table. Sans allusion à notre accrochage, sans manifester de sentiment personnel, l'officier commence l'entretien d'une manière neutre :

— Avez-vous eu, monsieur Courcelles, des contacts avec la victime, les jours précédant son assassinat ?

J'opine :

— Oui. Je suis allé voir Marcelle Richart pour la convaincre de renoncer à l'expulsion de Noël, un de ses locataires.

— Et ? interrogea-t-il.

— Et ce fut un échec. Je n'ai pu éviter l'expulsion.

— Autrement dit, vous vous êtes querellés, monsieur Courcelles ?

— La conversation a été brève. Je n'ai pas été reçu. Elle a menacé de lâcher son malinois et je n'ai pas insisté.

L'officier reporte cette information avec application :

— Le chien… Nous y voilà ! Vous étiez tout de même rentré dans la cour ?

— Non, lieutenant, je viens de vous dire que le chien m'en a dissuadé.

Il a une curieuse façon de noter mes réponses. Il tient son crayon comme un peintre son pinceau. Cet homme semble amoureux de son travail, jouissant du pouvoir conféré par les forces du bien. Un bon élève… Secourt travaille pour l'ordre et les valeurs certifiées conformes : il appartient à un monde où les vaches sont abattues devant leur propriétaire et non l'inverse. Un monde où les cochons sont tués dans les cours de ferme et les cerfs dans les bois. Mais pas les fermières… Fasciné par la représentation parfaite qu'il me jouait, j'observe ses maxillaires mastiquer ses questions, je suis ses doigts précis tourner sans hâte les pages de son calepin. Je m'avise que je ne l'écoute plus :

— Pardon ? Je n'ai pas entendu votre question…

— Ce n'est pas une question, monsieur Courcelles, mais une constatation : je vous disais que vous aviez été aperçu en sortant de chez vous à six heures, le matin du crime.

Il feuillette son carnet.

— Qui vous a raconté ça ?

— Mmmmm…

Il prend son temps, savoure la victoire qui se dessine dans un bruit de feuilles tournées méthodiquement :

— Votre voisine, Yvonne Quaeghebeur. La femme du maire, n'est-ce pas ? Elle vous a aussi remarqué sous le porche de l'église Saint-Éloi vers sept heures, le jour du crime. Or, vous aviez déclaré ne pas être sorti ce matin-là ! Pourquoi cette subite dévotion, monsieur Courcelles ?

Tandis qu'il me toise de son œil bleu électrique, je cherche l'inspiration sur le ciment du sol. Dévotion peut-être pas… mais je dois reconnaître le sentiment d'une réconciliation imprévue accompagné d'un bien-être que je n'ai pas ressenti depuis longtemps.

— Je vous écoute, insiste-t-il.

— Je ne m'attendais pas à me sentir bien dans une église, avoué-je.

Que puis-je dire de plus ? Affirmer n'avoir aucune idée de la manière dont je m'y étais rendu ? Ce matin-là, être tombé dans un fossé au milieu d'une fusillade imaginaire ? Au bout d'un silence qu'il prolonge, Secourt constate :

— Monsieur Courcelles, vous sortez beaucoup plus que vous ne le prétendez !

Il ferme son calepin d'un geste sec :

— Je dois vous informer que le juge a demandé la perquisition de votre domicile.

Coup de projecteur bleu pour apprécier ma réaction. Je ne bronche pas. Il se penche vers moi en se passant la langue sur ses lèvres minces :

— Mais vous sembliez vous attendre à notre visite : votre feu était rempli de cendres. On en a retrouvé des seaux ! Qu'avez-vous brûlé ?

Les murs de la cuisine ont clignoté à l'oscillation des flammes. Le foyer a feuilleté une à une les pages des premiers livres. Le feu vorace se nourrit de ces feuilles agonisantes. Mon geste m'intimide.

Augustin : le mal pour le mal... La corruption de l'âme... Sans regret. Je n'en ai plus le temps.

Dehors, la nuit profonde enveloppe le village endormi ; une poussière fine flotte déjà dans les rais du brasier. Diderot... « On ne sait de quoi se réjouir, ni de quoi s'affliger : le bien amène le mal, le mal amène le bien. » Denis s'enflamme déjà. Ne pas se réjouir... Leibniz... Il y a si longtemps qu'il a quitté le meilleur des mondes possibles.

Lactance et sa vaine colère de Dieu. Machiavel et l'usage de la cruauté. Montaigne : « Savoir accepter les maux de notre humaine condition… » Rousseau. La bouilloire commence à gémir. Sade : « à quoi bon empêcher le crime ? » Spinoza, et sa comparaison… La plaque rougit de honte. Thomas : « Le mal est privation. » La somme théologique ne résiste pas à la flamme…

La chaleur sèche me pique la peau. Je passe le café dans une atmosphère de cendres volatiles. Dehors, l'aube réveille ma souffrance muette.

Il est presque six heures. Consumées dans le crématoire de la cuisine, ces justifications de l'injustifiable. Graciés, les rares auteurs à avoir reconnu l'insoluble défi du mal. Mon autodafé épargne Bayle : L'histoire n'est qu'un recueil de crimes et d'infamies. Kant bénéficie aussi de ma magnanimité : « le mal radical », Voltaire aussi : le glas de l'optimisme des théodicées, Zoroastre et son histoire… Celui qui impose ses réponses est un tyran. Il n'y a pas de vérité en dehors d'une réalité où nous comptons si peu.

Je bois le café chauffé par l'oxydation de la pensée humaine. La bibliothèque de Jean s'est vidée. Augustine n'en époussettera plus les ouvrages avec ce respect des humbles pour les écritures.

Dehors, une voiture stationne devant ma porte. Les voici. Je me demande si Hervé… J'espère qu'ils me laisseront mon journal. Nadia, Sofia, je pense à vous. Vous aurez bientôt votre réponse promise. Je la brûlerai alors. Elle vous rejoindra dans la combustion.

— Qu'avez-vous brûlé ?

Le visage serein, débordant de patience, le lieutenant Secourt sait que, tôt ou tard, à force de secouer l'arbre de la vérité, le coupable tombera comme un fruit mûr. Juste une question de temps… susurrerait Yvonne.

Tous les mêmes, pensé-je. À jouer leur rôle avec talent, sans dévoiler le moindre doute, la moindre faiblesse. Ce justicier ne connaît pas Marcelle. Mais je le sais, ni la victime ni le coupable ne comptent vraiment. Un représentant de la force publique doit prester son rôle jusqu'au bout, par orgueil, curiosité ; il est mû par la sensation de puissance d'un pouvoir qui ne se discute pas.

Qu'avez-vous brûlé ? Il brandit sa question comme une mouche au bout de la ligne au fil de l'eau.

Je secoue la tête :

— Cela ne vous regarde pas. Je brûle ce qui m'appartient.

Déjà je ressens les prémisses d'un vertige. La froideur de son expression réactive ma nausée et les murs de la pièce commencent à se dilater. Mon corps se tasse sur la chaise, et je m'agrippe à la table. Je souffle :

— Cinquante millions de morts, lieutenant ! Vous allez donc chercher tous les coupables ?

Il lève les sourcils à la stupidité de ma question. Puis soupire. On l'a sans doute prévenu.

— Vous cherchez qui. Quand moi je cherche pourquoi, ajouté-je.

Il a un haussement d'épaules dédaigneux et retourne à son calepin :

— Autre chose… On a trouvé un pistolet chez vous. Que faites-vous avec une arme, monsieur Courcelles ? Et votre main ? Vous allez peut-être enfin expliquer comment vous vous êtes blessé. Vous n'auriez pas été mordu par un chien méchant, par hasard ?

Il brandit un morceau de gaze constellé de taches brunes, puis me dévisage avec une inquiétude feinte.

— Mais que vous arrive-t-il, Courcelles ? Vous ne vous sentez pas bien ? Vous êtes tout pâle !

Que m'arrive-t-il ? Mais le mal, bien sûr… La nausée grignote mes dernières forces. C'est fini et c'est mieux comme ça. Ainsi, je vais avoir du temps pour écrire. Mon interlocuteur pourra poursuivre son combat universel.

À ce moment, je pense à vous, Nadia et Sofia. Vos visages apparaissent accompagnés de l'Homme aux yeux révulsés. Il est vrai que vous ne le connaissiez pas. Il faudra que je vous le présente, n'est-ce pas ? Ah si le calvaire des uns atténuait le martyr des autres !

Un haut-le-cœur, je ravale un peu de bile et m'étrangle d'un aveu :

— Vous avez raison, lieutenant : je suis un assassin.

Pour vous, j'ai brûlé ma bibliothèque. Vos regards perdus sur les murs nus du bloc ont périmé deux mille cinq cents ans de pensée. Ces sages persuadés d'élever l'âme n'ont rien empêché… À quoi servent donc ces écrits qui survivent à leurs auteurs, puisque leur agonie souffle tous les fantasmes, livrant les lecteurs à leurs fausses espérances ? Si le spectre de ces écrivains revenait des limbes, ne se-

raient-ils pas les premiers censeurs de leurs chefs-d'œuvre ?

Non, il fallait les laisser dormir avec leurs manuscrits ou les brûler avec leurs encyclopédies : les mots insensés nous livrent leur inutilité et les questions leur stérilité : nicht warum ! L'espoir est soufflé par le constat de l'impardonnable.

Je les rejoins. Socrate buvant la ciguë plutôt que de survivre à la bêtise, Bouddha s'éteignant de renoncement au bout de son désir, Lao Tseu humaniste tellement sceptique qu'on finit par douter de sa propre existence, Épicure érigeant le plaisir comme la seule réponse à l'éphémère.

D'où ils sont, ils savent maintenant que, telle la mandragore, le mal radical fleurit sur leurs tombes.

14

« Vous avez raison, je suis un assassin… » L'officier manifeste peu de surprise. Quelques secondes de silence soulignent mon aveu et le pli de sa bouche se détend légèrement ; il baisse les yeux pour cacher sa satisfaction et soupire. Une expiration inaudible pour exhaler le sentiment du devoir accompli, comme la pause du soliste après un mouvement difficile. Puis, lentement, il se lève avec la noblesse d'un homme pénétré de sa valeur. Il me fixe sans animosité. Je lis dans ses yeux la condescendance pour un ennemi vaincu :

— Courcelles, vous êtes prêt à signer votre déposition ?

Je ne suis plus monsieur Courcelles… Le cœur au bord des lèvres, j'exécute un vague hochement de tête.

Répondant à un mystérieux signal, deux gendarmes inconnus apparaissent dans un grincement de gonds rouillés. Ils installent formulaires et machine à écrire. Ma confession prend corps dans un roulement continu de caractères dactylographiés. Les écrits rassurent tant notre esprit devine que le temps efface et brûle. Secourt se tait. Les deux enquêteurs m'interrogent d'un ton dur et je réponds au diapason, dans un cliquetis de consonnes, de voyelles et de sonnettes de fin de ligne. Je ne suis déjà plus qu'un élément de la procédure.

Oui, j'en voulais à Marcelle Richart, cette femme sans éthique. Oui, je reconnais être sorti ce matin-là. Non, je ne me rappelle plus de mes actes au moment du crime. Oui, je suis revenu blessé et sans aucun souvenir… Oui, je suis un assassin… Oui, je suis conscient de la gravité de mon acte. Oui, oui, non, oui… Leurs questions me dictent mes réponses. Parfois, j'ai envie de leur crier : je ne me souviens plus ! Mais j'écoute en simple auditeur ma propre voix prononcer les mots qu'ils veulent entendre, tandis que je me répète à moi-même : *Désolé, je ne me souviens plus, je ne me souviens plus…*

Je me tais à bout de souffle comme si j'avais réellement parcouru le chemin du Kleindorp au pas de course. Dans une stridulation d'engrenages, mes confessions sortent en triple exemplaire. Le gendarme dactylographe me relit d'une voix trébuchante les mots arrachés de mes aveux.

Je signe dans un silence recueilli avec l'impression que la guillotine se cache derrière la porte. J'entends encore et toujours cette voix douce qui me murmure : *Vous pouvez le faire…* Un haut-le-cœur au fond de la gorge, je demande à mes geôliers :

— Que puis-je donc faire ?

Penché sur ma déposition, Secourt lève la tête et me fixe, intrigué. Il ne juge pas utile de me répondre. Son expression retrouve vite son indifférence agressive. Sans compassion, dans la sécurité de son bon droit… Il fait un bref signe de la tête et les deux gendarmes me menottent. Ils me conduisent à ma cellule en traversant une forêt de képis où je croise le regard dilaté de consternation d'Hervé.

La porte de la geôle se referme dans un bruit de fonte et sur un sentiment de sécurité inattendu. Six mètres carrés de ciment froid et humide, une meurtrière striée de barreaux scellés, un matelas dont la couleur a disparu sous les taches : tel est mon nouveau havre de paix. Son charme agit et la nausée s'estompe. Ma vérité m'apparaît comme un mur qui s'éboule. Je comprends alors pourquoi ce cube gris éclairé d'une morne ampoule me rassure : j'éprouve la même quiétude qu'à l'église… À Auschwitz-Birkenau, les dortoirs des détenus représentaient des lieux de relative sécurité. Dehors, il y avait le feu des fours, la fourbure des chantiers, les tortures des laboratoires, et ces sentinelles omniprésentes qui faisaient exploser les têtes comme des trophées de foire. Par le même mécanisme de réminiscence que mon goût pour les soupes d'épluchures, le confinement représente pour moi beaucoup d'apaisement. Je m'allonge sur la paillasse, l'esprit vide de toute pensée.

J'ai refusé de choisir un avocat. Cela déplaît. La tête du coupable ne peut sauter s'il n'a pas eu sa chance : un gibier à qui les chasseurs laissent quelques longueurs, pour la beauté du sport et le goût de la conquête. Alors, dans un bureau anonyme, quelqu'un a commis d'office maître Declerck. Une vingtaine d'années de moins que moi, la bouille ronde du bon copain à la blague facile, le regard facétieux où je ne lis aucune de ces aspérités que les gens se façonnent. J'ignore s'il est compétent et je m'en moque, mais avec sa casquette de prolétaire cachant une calvitie précoce, ses lunettes rondes de trotskiste, et ses ongles rognés d'adolescent, son authenticité me convient. De plus, l'avocat me fait grâce des postures de l'homme de l'art qui ne rassurent que leurs auteurs. Il connaît mon dossier. D'emblée, avec des accents sincères, il tente de me persuader de plaider non coupable. Je lui mets les points sur les « I » :

— Maître, je n'ai aucun souvenir de ce matin-là. Plaidez les circonstances atténuantes si vous voulez, mais plaidez coupable.

Il étouffe un rire potache.

— La folie ? Alors, monsieur Courcelles, vous voulez me faire croire qu'un matin, vous vous êtes levé en décidant que la guerre n'était pas finie. Bon ! Alors, je vois la scène : vous avez enfilé votre treillis, avez empoigné un pistolet de votre arsenal, êtes sorti dans la nuit pluvieuse et avez battu la campagne ; puis vous avez bravé le molosse le plus redoutable du canton avec la force de votre magnétisme et abattu froidement une fermière d'une balle dans la tête, à la barbe de son mari, de son malinois, de sa belle-mère, de ses cochons, de ses vaches et de tout le voisinage. Pan !

Il me vise de son index rongé.

— Et, blessé, vous êtes reparti en courant vers l'église, aussi rapide que Jesse Owens[23] ! Et là, je suppose que vous avez confessé votre crime ? Vous, un athée notoire ? Vraiment convaincant !

Son sourire s'élargit. Il me dévisage avec insistance :

— Franchement, cette distribution artistique ne vous va pas du tout ! Vous vous êtes trompé de rôle, monsieur Courcelles ! D'une, la guerre est terminée, de deux, vos jambes

---

[23] Champion olympique du 100 mètres aux Jeux de Berlin en 1936.

vous portent à peine et de trois, vous n'avez ni le physique du grenadier-voltigeur, ni du vengeur masqué !

Il lève les yeux au plafond en secouant la tête. En pensant à Jean, je murmure :

— La guerre n'est pas finie, maître…

Declerck comprend mal :

— Attendez… La révolution marxiste, c'est ça ? "La propriété, c'est le vol, *et cætera* ?" Dites-moi, monsieur Courcelles : vous aviez l'intention d'assassiner tous les propriétaires fonciers ?

Avec curiosité, il détaille ma cellule. Ses lentilles circulaires étincellent sous l'ampoule :

— Vous vous plaisez ici ? C'est vrai que vous êtes agoraphobe.

Songeur, il me dévisage :

— Soyons sérieux. Vous êtes vraiment le coupable inespéré : conflit avec la victime, opinions radicales, déséquilibre psychique, mémoire défaillante... Et puis, vous êtes tellement coopératif ! Je suppose que vos convictions politiques ont effectivement pesé lourd dans votre inculpation.

— J'ai perdu toutes mes convictions, murmuré-je.

Declerck se penche vers moi :

— Le lieutenant prétend que vous l'avez traité de nazi. Vrai ?

Je secoue la tête :

— J'ai dit que nous étions tous des nazis en puissance.

L'avocat m'adresse un regard interrogateur. Je m'explique :

— Des soldats… bolcheviques à l'est, fascistes au centre, démocrates à l'ouest. La docilité fait de nous tous des molosses apprivoisés.

Je souffle :

— Maître, je suis parti en Pologne dans un wagon à bestiaux… Ce sont des gendarmes en képi qui ont fermé les portes. Pour moi, ils sont ici.

Son sourire s'efface et il élude :

— Oui… Bon, la folie... Alors parlons-en : on m'a dit que vous étiez dépressif.

— Qui a dit ça ? demandé-je.

— Oh ! Vos concitoyens… Je fais mon métier et vous savez comme les gens adorent parler les uns des autres ! Ils racontent que depuis votre libération vous tenez des propos incohérents. Certains parlent de blasphèmes et la déposition de la femme du maire est accablante.

Il guette ma réaction avant de poursuivre :

— C'est comme ça ! Tout se sait au village. L'enquête y est facile. Beaucoup vous jugent fragile. Mais certains sont sceptiques quand on leur parle de votre culpabilité. Leur instituteur, tout de même ! Qui a failli être médecin, en plus !

— La respectabilité m'indiffère au plus haut point, rétorqué-je. Cette planète est peuplée d'honorables criminels.

Je m'interromps. Je souhaite rester courtois. Cet homme ne veut que mon bien, même s'il jouit visiblement d'une affaire excitante. Il laisse tomber avec désinvolture :

— Monsieur Courcelles, vous persistez dans votre système de défense ? La folie ? Et si ça ne marche pas ? Vous savez risquer la guillotine ?

J'acquiesce avec indifférence. Il fronce les sourcils :

— Attendez ! Il faut que vous compreniez bien ! La machine judiciaire est très lente, mais quand elle sera lancée, ni vous ni moi ne pourrons l'arrêter. Réfléchissez bien, monsieur Courcelles.

Declerck quitte ma cellule après un nouveau hochement de tête réprobateur.

Les gens du village me disent fragile ; une manière courtoise d'évoquer ma folie. J'imagine Yvonne colporter la nouvelle de mon arrestation, comme pour Albert et Noël. Je connais le scénario par cœur : papotages et silences entendus, distillation de commentaires définitifs, verdicts sans appel de la *vox populi* : communiste, dément, malade… assassin… Neu-Cappel doit bouillir. Après le départ de mon conseil, je m'allonge en méditant à cette ignorance que nous avons de notre propre image. Tellement polluée par les postures, tellement masquée par l'hypocrisie souriante où les autres camouflent leurs jugements comme des armes dissimulées à l'ennemi.

Suis-je fou en définitive ? La question a-t-elle seulement un sens ? Oui, je le suis sans doute si l'on admet qu'un homme ne peut détenir une vérité solitaire. Nous n'avons plus le libre arbitre depuis belle lurette : nous devons accepter notre rôle d'animaux sociaux sous peine de devenir des monstres de foire. Même à l'époque où le monde a basculé dans l'insensé, le pacifiste garde pour lui seul une vérité que d'autres rangent au rayon du rêve et de l'utopie.

Qui, dans ce contexte, est encore en droit de décider de la raison ? La démence d'un homme a-t-elle encore une signification après cinq ans de délires collectifs ? L'objecteur de conscience assis en lotus au milieu d'un champ de bataille est-il fou ? « Oui, hurlent les combattants, il va se faire tuer ! » Et eux, qui crient à la folie ? Que font-ils, à risquer leur vie à tirer sur ordre, tous ces prétendus sains d'esprit, ces troupeaux en proie à l'aliénation partagée ? Oui, décidément, la démence ne mesure que la solitude d'un homme, poursuivie du sillage nauséabond de la haine et du mépris de tous ceux qui n'ont pas son courage insensé. Mais un fou est-il forcément un assassin ?

Je reste allongé sur le matelas de ma triste cellule, étrangement serein entre ces murs suintants de moisissure. Parfois, je me prends à rire tout seul... enfin presque, car dans le claquement de son œilleton, le guichet de la porte s'ouvre sur le regard inquisiteur d'un gardien. *Schwein* ! *Schwein* ! Peut-être rient-ils aussi de me voir rire. Ainsi, ils auront la certitude de ma folie et mon avocat sera content…

J'ai dû m'assoupir. Soudain, un cliquetis de clés me fait sursauter. Deux gardiens SS pénètrent dans ma cellule. En laisse, les babines haineuses et la bave aux yeux, le malinois de Marcelle les tire vers moi.

« *Kusch*[24] *Roste* ! *Kusch* »

Ils me désignent en criant : « *Schwein* ! *Schwein* ! » Ils rient et le chien grogne. L'un des SS s'approche de moi pour me tirer les oreilles. « *Schlecht Schüller !* »[25] L'autre tire son

---

[24] Couché !

[25] Mauvais élève !

pistolet et me vise la tempe en criant « *Mörder* ! *Mörder !* » ![26] Ma cervelle éclabousse le mur.

Je me réveille la bile dans la bouche. Je ne ris plus. Ma cellule est obscure, la prison, silencieuse. J'attends le matin, le corps figé sur la paillasse comme un cadavre à inhumer, trop nauséeux pour me rendormir, trop fatigué pour penser. Mon rire coincé dans la gorge et ma triste folie au fond du cœur.

Cher Jean,

Je t'écris d'une cellule froide et humide. Persuadés des vertus de la punition, les pouvoirs judiciaires s'attachent à malmener les cinq sens des brebis galeuses qu'ils privent de liberté. Mais pour ce qui me concerne, cette torture légale est vaine : le soleil ne me manque pas, la soupe claire me comble, la paillasse repose mon corps éreinté. Ici au moins, les cerbères ne jouent pas à exploser la cervelle des récalcitrants. Nous le savons, « Le bien est le résultat d'une comparaison... » : Spinoza avait presque vu juste. Je dois être un prisonnier bien singulier, assassin coopératif, prévenu soumis, détenu sans promenade, amoureux de sa cellule : une sorte d'idéal pénitentiaire. Je ne m'ennuie pas. Sur mon cahier d'écolier, j'écris une prose qui doit être lue par les censeurs comme le sera cette lettre. Qu'importe, puisque les mots ont démontré leur vanité.

Ils me jugent dément. Comment pourrais-je leur en vouloir, tant je doute de mon propre jugement ? Toi et moi le savons, la folie mesure la solitude et la démence collective

---

[26] Assassin !

prend la forme respectable de la culture et de la tradition. Mais évidemment, ces propos ne sont pas recevables par ceux qui, pourtant, brûleront demain ce qu'ils adorent aujourd'hui.

Selon Pascal, le drame de l'homme consiste à ne savoir rester dans sa chambre. Mon problème, c'est l'extérieur. Comme ce pauvre Roste… Lui aboie, moi j'écris…

Je ne lis plus. Tu peux cesser l'envoi de ces vains ouvrages dont les seuls lecteurs sont les censeurs militaires plus soucieux de sécurité que de philosophie. Leur recherche se limite à une lime, un couteau ou une arme : pour eux aussi, la réponse au mal est absente des livres. Ils n'ont pas tort, mais la vérité est un souffle qui ne se transmet pas.

Tu vas m'en vouloir. J'ai brûlé tes ouvrages dans ma cuisinière. Oui, un à un, je les enfournés dans mon feu, jouissant de la bonne chaleur qu'ils ont dégagée. Je n'ai épargné que les plus pessimistes.

Depuis 2500 ans, tous ces textes ne valent pas plus que les ragots d'estaminet. La littérature est aussi inutile que les mathématiques que tu détestes tant.

Aujourd'hui, j'ai ma vérité. Je vais te la confier, mais elle restera mienne : elle ne se partage pas. La voici : le mal a une réalité objective. Ceux qui parlent d'illusion, de comparaison, de privation, ne semblent pas savoir qu'ils évoquent une montagne dont le formidable dépasse toutes les représentations. Devant son ombre menaçante, le bien semble tellement fragile, obstacle souvent dérisoire. Schopenhauer écrivait que le bonheur se caractérisait par l'absence de malheur. C'est le bien, simple privation de maux qui prennent dès lors une réalité subjective.

Mais quelle est donc la nature de ce mal ? Physique, morale, métaphysique ?

Tu me connais assez pour savoir que, face à mes élèves, je n'ai jamais craint de répondre : « Je ne sais pas… » Aussi, contrairement aux idéalistes qui ont publié des encyclopédies de l'inconnu avec une assurance invérifiable, je me contenterai de dire : « La métaphysique ? Je ne sais pas. »

À la lumière de ma compréhension, il me semble établi que la souffrance existait bien antérieurement à l'homme, pathétique comme ces courses de bébés tortues se hâtant vers la mer sous la menace des prédateurs, impitoyable comme ces magnifiques félins d'Afrique, violente comme la chaîne alimentaire des océans, sanglante comme la parturition, triomphante comme la mort. Plotin disait le mal attaché à la matière. Je le vois plutôt inséparable de la vie, tant il est vrai que, en dehors d'elle, le mal et le bien perdent toute substance.

Jean, voici ma vérité : la vie est source du mal parce qu'elle est une lutte permanente pour repousser l'inéluctable, et que la naissance prononce une condamnation à mort. S'il m'était encore donné d'enseigner, je ne saurais transmettre que l'effroyable paradoxe de l'existence : machine fantastique et fugace, forgée au fil des ères millionnaires, titulaire d'une conscience impuissante à ralentir le temps. Trois milliards d'années d'évolution cosmique pour accoucher d'une petite fille et la faire disparaître quelques milliers de lunes plus tard…

Alors l'homme, me diras-tu ? Quel rôle endosse-t-il dans cette tragédie ? Sa responsabilité est écrasante et chaque leçon d'histoire que tu retenais si bien nous le serine. Avec quel talent il s'est emparé de la fragilité de la vie des autres pour oublier la sienne : le péché, mal moral, ne s'appuie que sur cette tentative de diversion. Immanquablement, l'outil de ses ambitions d'éternité se retournera contre lui.

Cher Jean, les guerres ont soufflé sur la planète un vent aussi terrible que celui d'une comète. Pour moi, le cratère ne se refermera jamais… La civilisation humaine peut aujourd'hui se targuer d'un niveau de catastrophes digne des grands cataclysmes astronomiques ; et comme il en est des séismes, des éruptions et des déluges, les guerres sont des maux sans coupables. Depuis longtemps, les conséquences sont déconnectées des actes, dans un monde où le mangeur n'est pas le chasseur.

La collectivisation du mal est le brouillard qui escamote les criminels. Évidemment, il est si facile d'accuser les vaincus, et de consacrer les hommes de devoir. Ces devoirs dont on fait les guerres, qu'ils s'appellent honneur, discipline, qui font de nous des chiens méchants ! En ce sens, je ne peux contrarier Rousseau quand il désigne d'un doigt accusateur la civilisation. Surtout quand l'ère atomique célèbre les tueurs en uniforme pilotant des bombardiers baptisés au nom de leur mère ! Mais peut-être est-ce sans importance, puisque les crimes ne sont qu'une simple anticipation : les bourreaux rejoignent si vite leurs victimes.

Ne t'inquiète pas pour moi, Jean, je vais aussi bien que possible. Si le passé me hante toujours, le présent me repose encore et le futur m'indiffère à jamais. Quelques semaines plus tôt, à l'église, pour la première fois depuis des années, j'ai éprouvé un ineffable bien-être. Était-ce la compassion soufflée par le Christ agonisant ? Était-ce la satisfaction d'un terrible acte libérateur ? Ou encore la nécessité de vivre le présent face à l'éphémère ?

Je ne sais.

Prends soin de toi. Affectueusement.

Georges Courcelles, l'instituteur assassin.

15

Le chapelet des jours égraine ses actes de procédure comme autant d'offices à la justice des hommes. Interrogatoires, convocations, longues attentes se succèdent. Policiers, procureur, avocat, juge sont les acteurs de cette comédie dont je suis le spectateur absent, comme un gamin rêvassant à l'écoute de ces commémorations bizarres d'une Histoire qu'il ne comprend pas.

« Battez-vous ou vous êtes fini ! » m'exhorte mon avocat, à qui j'aimerais faire plaisir. Ce jeune homme refuse d'admettre que je suis déjà fini.

Les nuits s'écoulent, conformes et inutiles. Je ne les compte plus. À l'extérieur, le monde a fêté l'avènement de l'année 1946, glorifiant un après-guerre imaginaire. Et je sais… Puis les jours deviennent des mois. Entre mes murs nus, je devine seulement que mars s'étire de brouillards et de giboulées. Le premier printemps de paix doit sans doute exhiber ses bourgeons aux heureux amnésiques de Flandre.

Entre temps, la pauvre Augustine a appris la mort de son petit-fils à Dachau. La guerre n'en a pas terminé de ses tristes échos. Mais les barreaux de ma cellule m'en protègent.

La reconstitution est programmée le matin du 3 avril. Ce jour-là, le glaive et la balance — juge d'instruction, substitut, capitaine de gendarmerie, etc. — se donnent rendez-vous à Neu-Cappel.

Mon avocat m'assiste, ami compatissant, la mine contrariée de participer à cette mascarade. Il me chuchote :

— Il est encore temps de leur dire, monsieur Courcelles. Après, il sera peut-être trop tard… Soyez raisonnable !

Raisonnable ? Comment le serais-je puisque je suis fou ? Je tente un sourire rassurant et soutiens longuement son regard ulcéré, sidéré par mon indifférence granitique.

Il est tôt. Le jour se lève à l'heure du crime. Le cortège de voitures envahit la place de la Victoire fraîchement rebaptisée. Les branches nues des platanes s'agitent dans les rafales. Le village semble encore dormir : estaminet fermé, les porches clos des fermes. Seuls, les coqs font retentir leurs chants pour tirer la commune de sa torpeur. Je sors de la voiture, encadré par deux gendarmes ; les mains attachées, les yeux clignotants, je ressens le vertige de l'espace oublié. L'aube de six heures rougeoie l'orient où un vent soutenu pousse les nuages. Son souffle me saoule, les menottes me meurtrissent. Je sens peser la surveillance cachée des sentinelles camouflées derrière leurs rideaux. Mais j'avance, un pas devant l'autre, l'estomac nauséeux et la tête vide sur ce corps flageolant. Nous quittons la place dans une procession silencieuse en direction de ma maison. Devant chez moi, un gendarme inconnu et mon avocat m'encadrent. J'écoute docilement les recommandations du juge, puis retourne sur mes pas et commence le trajet vers le Kleindorp. Juste derrière suivent le procureur et le lieutenant, un greffier qui consulte sans arrêt sa montre, une compagnie de fonctionnaires en uniforme et quelques représentants de la presse locale chapeautés et agités. Par instants, la forte silhouette d'Hervé émerge du cortège de képis.

Nous dépassons en silence le monument de l'église et le cimetière où repose ma prétendue victime, et sortons du village en défilé étiré dans un bruit de pas raclant la terre. Le cœur incertain, je conduis cette procession funèbre sans cercueil. La plaine se dévoile, s'étalant à l'infini sous le ciel lourd. Nous atteignons la chapelle des Sept Douleurs. Derrière la porte, l'ombre de la Vierge à genoux attire mon regard. Je ralentis et tente de distinguer la crucifixion dans l'obscurité. Je m'arrête un instant et mon escorte s'immobilise à son tour. Je songe à ce jeu enfantin si prisé par les écoliers : un, deux, trois, soleil…

Cela distrait un instant ma nausée ; je la sens monter comme une vague. Le dégoût qui me grignote l'estomac, inéluctable, menace de m'emporter. Je repars brusquement. J'entends mes suiveurs m'emboîter le pas. Je dépasse ainsi la maison de Jean, soulagé de n'y apercevoir personne. Chacun se terre chez lui en surveillant le passage des pèlerines noires.

Puis c'est le chemin vicinal vers la propriété des Richart. Les flaques maculent les pantalons, les champs verdissent déjà de germes tendres. La promenade singulière se poursuit au milieu du Kleindorp qui n'a jamais vu pareil troupeau.

La nausée encore et toujours… La couronne solaire émerge de l'horizon en projetant nos ombres gigantesques sur le chemin. Mon estomac se révolte et je vomis un peu de bile dans le fossé. Le cortège s'arrête dans le silence peuplé de croassements. Mon avocat se précipite pour me soutenir.

Je reprends mon chemin de croix en direction du lieu du crime. Face à moi, la masure d'Émilienne ; je distingue le visage de la vieille derrière son carreau. Arrivés aux abords de la cour, nous sommes accueillis par des aboiements furieux. La cour est ouverte. Il me semble apercevoir l'ombre d'Albert s'encadrer fugitivement à sa fenêtre. À l'intérieur de l'étable, un gendarme mime ma victime. Je dépasse le panneau de majuscules rouillées : CHIEN MÉCHANT. Attaché à sa niche, Roste se tait, l'œil injecté, les oreilles aux aguets, les canines découvertes. Sa robe rousse flamboie au soleil levant.

Ma suite se fige à bonne distance. Je m'avance et m'approche du cerbère sous la pression des regards officiels dans mon dos. Indécis, je fais un pas, puis deux, à l'intérieur de la cour. Ayant alors dépassé le stade de la peur, je m'avance vers l'étable. Le malinois s'égosille de rage au bout de sa chaîne, découvrant des gencives rouge vif hérissées de crocs claquant dans le vide.

J'exhibe un pâté apporté pour la circonstance et le pose prudemment devant le molosse ivre de fureur. La bête retourne la terrine et la projette à quelques mètres. Incapable de faire un pas de plus, je reste indécis au milieu de la cour devant le chien enragé. Conscient qu'il me faut prendre une décision, pour complaire à mon public, je sors le pistolet factice et vise la silhouette indistincte qui s'agite dans l'obscurité de l'étable, à dix mètres de moi.

Mon geste provoque chez le chien un accès de rage insensée. Le berger belge se dresse vers moi sur ses pattes arrière.

Sous le poids et la puissance, la niche chancelle et la chaîne se rompt dans un claquement métallique. Le chien libéré me fait face. Paralysé, je n'ébauche même pas un geste de recul.

Après cette fraction d'éternité où la vie ne mesure pas qu'elle bascule, il bondit vers moi dans un saut prodigieux. Dans mon dos, deux coups de feu claquent. Frappé dans son élan, Roste a un bref glapissement de douleur et retombe sur le sol. Inerte, je contemple l'animal convulsant à mes pieds ; un flot de sang sourd de sa gueule ouverte.

Il y a alors un calme pétrifié, ponctué des oscillations de la niche. Tétanisé, je demeure devant le berger traversé des spasmes de l'agonie, mon stupide jouet à la main. Je ressens le silence pesant de l'assemblée. Hervé s'approche et achève le chien d'une autre balle dans la tête en éclaboussant le pavé de la cour. Les jambes m'abandonnent, mon pistolet de bois tombe sur le pavé. J'aperçois alors Albert sortir de sa maison en courant comme un diable de sa boîte et se précipiter sur son chien baignant dans son sang. Il prend le cadavre dans ses bras et, comme si j'avais tué sa femme une seconde fois, me jette un regard de désolation avant de rentrer chez lui, semant un chemin de gouttes rouge vermillon. Hervé range le pistolet dans son étui. Je cherche autour de moi un point d'appui et mon avocat se précipite juste avant ma pirouette dans l'oubli.

Ami, entends-tu le vol noir des corbeaux sur la plaine ?

La haine à nos trousses et la faim qui nous pousse, la misère…

Mon évanouissement est de courte de durée. Dans mon crâne névralgique, une radio déclenche son refrain entêtant. Au travers d'un brouillard, je distingue les officiels en conciliabules. La ferme Richart est investie comme si elle avait perdu la guerre. On perd toujours la dernière guerre. Au milieu de la cour, le juge d'instruction consulte avec animation. Près de lui, son greffier gratte son rapport en s'appuyant sur le panneau « CHIEN MÉCHANT ». Silences, chuchotements, grognements des porcs de l'étable, souffle des vaches… Une clameur informe me parvient aux oreilles encore bourdonnantes des trois coups de feu. *Schwein ! Schwein* ! La cour se dilate et se rétrécit comme un cœur qui bat. Je tremble de tout mon corps sur le pavé glacé. Maître Declerck me relève avec égard et me conduit dans l'étable pour me faire asseoir sur un ballot de paille. À l'abri, je me sens mieux. Nos regards se croisent dans la pénombre.

Les mains jointes, il se campe devant moi et m'intime d'une voix basse et ferme :

— Monsieur Courcelles, cette comédie a cessé depuis longtemps d'être drôle. Je sais que vous êtes innocent… Et il va vous falloir changer de version. Sinon, si vous persistez à vous accuser, c'est d'avocat dont vous devrez changer !

16

— Monsieur le juge, mon client revient sur ses aveux invraisemblables. Ne reposant que sur les déclarations de l'inculpé, cette procédure est maintenant sans objet ! N'en faites pas une farce !

Je me retrouve dans le bureau du juge pour la seconde fois. À mes côtés, l'œil brillant derrière ses foyers ronds, maître Declerck affiche une mine déterminée. Celle du magistrat est assez perplexe. C'est un homme sec entre deux âges. Devant lui, des documents s'amoncellent en piles instables. Un dossier à sangle porte un titre majuscule : HOMICIDE MARCELLE RICHART. Si farce il y a, elle n'amuse pas l'homme de loi, apparemment inaccessible à la fantaisie ; le quinquagénaire s'agace et m'apostrophe, le front sourcilleux :

— Pensez-vous que la justice soit une comédie ?

Je le pense un peu, mais je préfère taire cette opinion subversive. Cet homme ignore-t-il les jeux de rôle dont nos existences sont remplies : comédies ou tragédies, selon que notre discernement décrète d'en rire ou d'en pleurer ? Je baisse les yeux et choisis le silence. Mon conseil vient à mon secours :

— Monsieur le juge, mon client est souffrant ! Il n'a pas supporté la pression des interrogatoires. C'est un homme brisé par la guerre, la déportation. La gendarmerie n'en a pas tenu compte : elle a profité de sa faiblesse pour lui arracher des aveux. Cet homme a subi le martyre de trois ans de camp de concentration !

Je rectifie, l'index levé :

— D'extermination, maître.

L'avocat me jette le bref coup d'œil remontrant de l'instituteur à un élève turbulent, puis continue d'apostropher le magistrat :

— La gendarmerie s'est focalisée sur une banale querelle de voisinage entre mon client et la victime, monsieur le juge, et ce pour un motif parfaitement anodin. Georges Courcelles est instituteur, connu pour son dévouement : avant la Grande Guerre, il avait suivi les premières années de spécialisation en chirurgie à la faculté. Dans sa volonté de rendre service à la communauté, il a embrassé la carrière d'enseignant. Pour tout remerciement, ses concitoyens ont participé à sa déportation pour un simple délit d'opinion ! Regardez-le, aujourd'hui : c'est un homme brisé ! Sa place est dans une clinique, pas dans une prison… Qui oserait prétendre que nous sommes face à un tueur !

Il me désigne d'une main tendue comme si je n'étais qu'une loque humaine. Je proteste :

— Je vous en prie, maître. Le motif de la dispute n'était pas anodin !

Le juge ne me quitte pas des yeux. De la main, il impose le silence à Declercq puis s'adresse à moi :

— On raconte beaucoup de choses sur ces camps, monsieur Courcelles. Entre les dissimulations allemandes et la propagande alliée, il est difficile de savoir la vérité. Des camps d'extermination, dites-vous ?

J'opine :

— Oui, monsieur le juge…

Sentant qu'il attend une suite, j'enchaîne avec réticence :

— Mais ceux qui en reviennent sont pris pour des fous ou des menteurs.

Le regard du magistrat reste rivé au mien. J'élude :

— Il s'agissait bien d'extermination, mais vous savez, ces histoires ne sont pas racontables.

Le magistrat hésite sur les termes :

— On m'a dit que la captivité vous a beaucoup… changé. Je comprends que vous puissiez être révolté. Mais de là à faire des aveux complets…

Il prend quelques secondes de réflexion :

— Et puis, il a ces cendres que la gendarmerie a retrouvées dans votre feu.

— Ce sont les cendres de ma vie, murmuré-je.

M'entend-il ? Le juge hausse les sourcils d'un air interrogateur. Je m'explique avec peine :

— Oui, monsieur le juge, toute ma vie j'ai cru à la culture, à la philosophie, à la médecine, tout ce qu'il est convenu d'appeler l'humanisme. Avant la Première guerre mondiale, je voulais me consacrer à ce que je pensais être le plus beau métier du monde : médecin. L'histoire en a décidé autrement, alors j'ai opté pour l'enseignement : apprendre aux enfants les vertus de la civilisation et de l'ordre.

J'adresse un coup d'œil à mon avocat qui m'encourage de la tête :

— L'ordre ! La médecine ! Je les ai vus à Auschwitz, monsieur le juge. L'ordre ! La médecine !

Je me mets à rire et les deux hommes se dévisagent. Je poursuis :

— Le *Lager* était géré par des médecins. Ils triaient les *Häftling*[27] en deux colonnes : les femmes, les enfants, les malades, les vieux aux douches et les autres au travail. Les douches étaient des chambres à gaz. Les pauvres gens s'y rendaient nus, un savon à la main, en file indienne… Voilà pour l'ordre !

Mes deux interlocuteurs sont statufiés. Je suis essoufflé sans raison.

— La médecine… Oui, il y avait des médecins. Mais les patients étaient des cobayes, monsieur le juge. Ces docteurs pratiquaient toute sorte d'expériences que ce serait trop long de développer ici. Leur éthique, c'était l'eugénisme et toutes ces théories raciales.

Je m'interromps. Le juge intervient :

— Je comprends que vous ayez perdu la foi. Mais tous les médecins ne sont pas nazis. C'est une idéologie qui a vécu.

Je souffle du nez :

— Pfff ! Les thèses racistes ont été développées par des chercheurs américains. À New York, il est plus facile d'immigrer pour les Anglo-Saxons que pour les Méditerra-

---

[27] Häftling : prisonniers.

néens du Sud ! Rien de nouveau : le mythe aryen est vieux de cinq mille ans.

Le juge est froissé ; il reprend son interrogatoire :

— Vous ne répondez pas à ma question ! Vous avez brûlé quoi ?

— La civilisation est un leurre. J'ai brûlé les livres qui prétendent le contraire.

Le juge prend quelques notes, classe son dossier. Puis il invite maître Declerck à développer son argumentaire. Désormais, les deux hommes poursuivent leur débat comme si j'étais absent. Moi-même les écoute distraitement, en simple spectateur d'une pièce où chacun joue son rôle : lui, le juge scrupuleux, l'autre l'avocat diligent. Pour ma part, je fais un piètre coupable.

Vous avez beaucoup changé… Le juge prétend-il que je suis devenu quelqu'un d'autre ? Il a tort, je ne suis plus personne : un mort en sursis, une âme moribonde restée quelque part dans le Bloc 10 d'Auschwitz-Birkenau.

Pendant ce temps, mon volubile conseil poursuit sa démonstration :

— La reconstitution est édifiante, monsieur le juge ! Vous n'avez jamais vu un prévenu moins crédible : sans même la force de tenir son pistolet ! Il est aujourd'hui évident que le chien de la victime n'a pu être amadoué par mon client !

Amadoué ? Pauvre Roste, comme tant d'autres, martyr de son devoir, persuadé de la vertu de son combat.

Encouragé par le silence du juge, l'avocat s'enflamme :

— … ce qui rend le meurtre invraisemblable puisque mon client était dans l'incapacité à pénétrer dans l'étable ! Quant à l'hypothèse qu'il ait pu descendre une cible mouvante d'un coup de pistolet en pleine tête, en restant dans la cour, à plus de dix mètres ! Sauf votre respect, monsieur le juge, elle serait risible s'il ne s'agissait d'un assassinat ! Il est évident que mon client, même dans l'hypothèse où il l'aurait souhaité, n'aurait pu assassiner Marcelle Richart… Non seulement la gendarmerie n'a fourni aucune preuve, mais sa version des faits est irréaliste ! Le dossier à charge est vide !

Le juge observe avec finesse :

— Oui, maître… Mais concernant le chien, votre argument vaudrait pour tous les suspects. Effectivement la présence du molosse représente une difficulté dans cette affaire. Aucune preuve ? Mais que faites-vous des dissimulations de l'accusé, de sa sortie mystérieuse, de sa blessure inexpliquée ?

L'avocat ne se démonte pas :

— Je vais y arriver, monsieur le juge. Auparavant, je voudrais revenir sur la victime. Tout le monde sait que le couple Richart s'est enrichi pendant l'Occupation, ce n'est pas à la Justice que je vais l'apprendre ! Les revenus en nature de leurs fermages et leurs métayages étaient négociés auprès des grossistes du marché noir ! En toute immoralité ! Monsieur le juge, étant donné le nombre de personnes entretenant des griefs contre Marcelle Richart, croyez-vous qu'un instituteur détruit par la déportation aurait commis, lui plutôt qu'un autre, ce que tant de patriotes avaient envie de faire ?

Le juge repousse l'argument d'un haussement d'épaules :

— S'il fallait abattre les accapareurs et les profiteurs !

Maître Declerck fouille dans sa serviette en cuir avachi et, cachant mal sa jubilation, il en extirpe un document. Un peu théâtral, il abat sa nouvelle carte :

— Monsieur Courcelles a un alibi !

Le juge reste de marbre devant l'enthousiasme de l'avocat. Malgré moi, j'écoute avec curiosité.

— Continuez.

— Sauf votre respect, monsieur le juge, j'ai fait le travail que la gendarmerie n'a pas trouvé utile de mener : j'ai simplement interrogé les gens du village. J'ai parlé avec le maire, sa femme, Albert Richart et tous les autres… Vous savez les choses se savent au village. Il suffit de faire parler les gens.

L'avocat s'adresse à moi :

— Vous avez aussi des amis, monsieur Courcelles. Madame Augustine, sa nièce…

Il m'observe avec insistance, guettant une réaction.

— Elle s'appelle Marieke. Elle n'habite pas au village car elle poursuit des études d'infirmière à Lille. Et depuis la rentrée, elle ne rentre que par intermittence. Vous connaissez cette jeune femme, monsieur Courcelles ?

J'acquiesce en silence. Un visage fin, de blonds cheveux courts, une âme sans pesanteur, une silhouette empressée…

Declercq s'adresse maintenant au juge :

— Voyons ce qu'elle m'a rapporté. Le matin du crime, cette infirmière se rendait à la gare pour prendre le train de six heures dix. Elle se hâtait quand elle a aperçu monsieur Courcelles en proie à un malaise sur le bord du chemin. Elle connaît son état et le sait sujet à de fréquents malaises. Monsieur Courcelles s'étant blessé en chutant, Marieke le bande avec un tissu trouvé dans ses affaires. Lui reprend ses esprits et veut aller à l'église. La blessure est superficielle et le temps est compté. Alors, elle le conduit à l'église avant de courir attraper son train.

Sceptique, le juge grimace :

— C'est bizarre, ça. Pourquoi l'église ? Courcelles ?

— Oui. J'ai repris conscience à l'église. Mais je ne souviens de rien de plus. Ah si ! Il y avait des coups de feu dans la campagne.

Concentré, le magistrat compulse le dossier.

J'entends la voix qui me répète : *Vous pouvez le faire…* C'était donc Marieke.

Le juge semble enfin trouver ce qu'il cherchait :

— Quelle heure était-il, maître, dites-vous ?

— Entre six heures et six heures dix, monsieur le juge.

La prise de conscience de mon innocence fait lentement son chemin. Le juge ne s'avoue pas encore battu :

— Je trouve que vous oubliez vite les déclarations que vous avez faites, Courcelles ! Si vous n'avez pas commis ce crime, pourquoi ces aveux ? Vous avez pensé au mari ? Vous trouvez ça bien ?

Vous trouvez ça bien ? En finir… Tous ces discours inutiles m'accablent. Je déclare avec lassitude :

— *Bien* ? Il y a longtemps que j'ai oublié le sens de ce mot, monsieur le juge… Non, je ne trouve rien de *bien*. Mais je crois que mon avocat vous dit la vérité : la violence me fait vomir, monsieur le juge… Vomir… Réellement…

Sous le regard insistant du magistrat, je baisse la tête :

— Oui, je n'ai aucun souvenir de mes actes ce matin-là. Mais je ne crois pas avoir tué Marcelle… Et voyez-vous, le plus surprenant pour moi, ce fut de me retrouver à l'église.

Tout est dit. Maître Declerck range son dossier avec la mine pensive de l'homme de devoir. Il marmonne une nouvelle remarque presque inintelligible cette fois. Je dois tendre l'oreille :

— La culpabilité, monsieur le juge… Une culpabilité métaphysique, impitoyablement entretenue par le lieutenant Secourt. Mon client a vu trop d'horreurs qu'il n'a pu empêcher !

À Sofia et Nadia,

C'est fini, j'ai tenu ma promesse. Je le sais aujourd'hui, vos bourreaux sont les instruments perpétrant le mal parce qu'il est facile, s'étourdissant de pouvoirs afin d'oublier qu'il les emportera eux-mêmes. Ce jour-là, vos tortionnaires auront peut-être alors une ultime pensée pour vos regards terminaux…

Le mal est chevillé à la vie ; il est l'expression de notre vulnérabilité, de chairs, de sang, consumant à chaque goulée, à chaque battement, un temps si éphémère. Oui, le mal est une réalité dont la violence résulte d'un antagonisme : la fragilité de la vie contre le farouche désir de la défendre.

Voilà ma réponse. Aucun combat n'y changera rien. Il faut l'accepter puisque c'est un élément fondamental inscrit dans tout être vivant qui repousse la mort en se livrant à la détresse de l'espoir. Nous ne pouvons qu'admettre notre souffrance, et reconnaître ainsi celle d'autrui.

La violence ne résout rien. Elle ne fait qu'ajouter au drame de la vie : la folie de l'homme révolté cherchant dans ses chimères une échappatoire, croyant atténuer la violence qu'il devine par la violence qu'il fait, plombé par cette conscience terrible de sa prédestination absurde et passagère.

En posant l'énigme de vos calvaires avec tant d'acuité, vos persécuteurs zélés ont tenté l'oubli de leur propre souffrance en s'enivrant de puissance dérisoire, sans réaliser n'être qu'à peine plus cruels que leur propre destin… Juste efficaces.

Je vais bientôt quitter ma cellule. Je me prépare sans entrain : j'ai perdu mes ailes comme d'autre leurs jambes. Ici ou ailleurs, mes jours vont s'écouler sans autre bonheur que de ne rien espérer, dans la sagesse obligée de Montaigne, accepter « les maux de notre humaine condition », plombée néanmoins par le devoir de mémoire envers vous.

Où puis-je aller ? Je serais un fugitif, poursuivi par un crime virtuel : un coupable qui s'accuse ne peut être tout à fait innocent. Il est contaminé.

Nous le sommes tous…

17

Je vais être libéré. Le juge a activé une contre-enquête et la gendarmerie a conclu avec réticence à l'exactitude de mon alibi. La précision du témoignage de Marieke et la notoriété de la jeune femme ont emporté la conviction du magistrat : les coups de feu qui avaient entraîné mon évanouissement ont sans doute été tirés par l'assassin de Marcelle. À l'instant où *La Richarde* s'est écroulée, foudroyée dans son étable, j'étais moi-même dans un état second, dans le fossé où m'avait trouvé l'infirmière.

L'enquête est au point mort : le mystère de ce crime parfait reste entier.

La porte de la maison d'arrêt se referme sourdement derrière moi. Un bas soleil printanier inonde le porche de craie sale. Une Mona 4 stationne le long du mur d'enceinte. Je me dirige vers elle d'un pas hésitant. Maître Declercq en sort, me tend sa main poupine et m'ouvre la porte du véhicule.

— Montez, monsieur Courcelles. Je vous raccompagne.

Nous sortons de la ville sans prononcer un mot. Mon chauffeur conduit avec prudence sur les routes étroites et sinueuses ; je regarde avec plaisir défiler les champs encore verts, les houblonnières tirées de leur sommeil hivernal. L'horizon brumeux noie les monts dans des nimbes de lumière. L'avocat rompt soudain le silence :

— La gendarmerie n'y a pas mis beaucoup de bonne volonté, mais voilà qui est fait : vous êtes libre.

Je sors de ma torpeur et le remercie. Mon conseil hoche la tête pensivement :

— Il faut les comprendre : vos aveux ont saboté leur enquête… Remarquez, après les arrestations du vieux locataire, puis du mari de la victime, l'affaire était déjà mal engagée ! Trois arrestations, puis trois libérations, c'est beaucoup pour une seule victime ! Après tout ce temps, je vois difficilement la gendarmerie reprendre l'instruction.

Il ajoute d'un air mystérieux :

— L'assassin peut dormir tranquille…

Avant de conclure jovial :

— Mais ce qui compte, c'est que nous ayons convaincu le juge. Je peux vous dire qu'il n'était pas très à l'aise d'avoir imposé six mois de captivité à un homme comme vous…

La Traction emprunte un chemin cahoteux. Nous longeons le manoir de la Becque et son bois privé, dépassons le Kleindorp avant de pénétrer dans le village paisible : quelques paysans sur leur machine, des ménagères et leur panier…

À hauteur de l'église, je sors de mon mutisme :

— Arrêtez-vous, maître. Je n'en ai que pour quelques instants.

Il stoppe la voiture devant le porche de l'édifice :

— Prenez votre temps, je vous attends…

La nef est plongée dans la pénombre colorée par les vitraux. Je me dirige vers le prie-Dieu où j'ai repris mes esprits quelques mois plus tôt : le pilier de moellons gris à côté du Christ. Je m'agenouille et contemple le Messie. Je ferme les yeux à la recherche de la réconciliation éprouvée ce matin-là.

Ma méditation se prolonge quelques minutes. J'entends alors un léger bruit près de l'autel : une toux particulière, humble comme une excuse. Je me penche et aperçois le chignon argenté de la vieille Augustine agenouillée une dizaine de chaises plus loin. Recueillie, elle ne m'a pas remarqué. Elle aussi bute sur le mur de sa souffrance. Elle aussi s'épuise à la combattre avec les armes dérisoires qu'elle s'autorise : la foi et la soumission en l'Unique. Je me lève discrètement et m'apprête à quitter l'église, quand j'entends le bruit d'un chapelet explosant au sol dans un cliquetis d'Ave… Augustine s'agenouille dans la travée pour ramasser son rosaire éclaté. Je m'approche pour lui venir en aide et elle s'effondre dans mes bras en sanglotant. Je l'emmène, laissant derrière nous le pavé de l'église jonché de grains de prières.

Après avoir raccompagné Augustine, Maître Declerck me dépose devant chez moi. J'entends les cris d'enfants dans la cour d'école. Je sens le poids du voisinage, les fenêtres habitées ouvrent leurs yeux anonymes. Le village se repaît du spectacle de mon retour.

Attentionné, l'avocat porte mon sac. Dans la cuisine, le feu claque de chaleur. Un parfum de café se mêle à l'odeur de bois brûlé. À l'étage, de discrets frottements trahissent une présence.

— J'arrive !

Des pas rapides dévalent l'escalier. Cette voix féminine, fraîche comme un rire d'enfant… Je frissonne. *Vous pouvez le faire…* La mémoire me revient : je suis près de la chapelle, j'entends des coups de feu. Les arbres bruissent. Je tombe dans la boue, ma main me lance, je perds conscience. Je vois les branches osciller dans le ciel sombre. *Schwein* ! *Schwein* ! J'entends des pas. *Mon Dieu, que vous arrive-t-il ?* Que nous arrive-t-il ? Mais la guerre, bien sûr… La folie qui s'abat sur le monde des hommes, transformant les vainqueurs en chasseurs et les vaincus en gibier… *Vous pouvez le faire* Je m'accroche de toute mon âme. Une main fraîche, des mots de réconfort… *Emmenez-moi à l'église, s'il vous plaît. Je vais marcher. Oui, je peux le faire…*

Taille fine, corps menu dans une blouse à fleurs, Marieke apparaît à la porte de la cuisine. Sur son visage pâle encadré de mèches blondes ressortent deux turquoises. Elle sourit largement en offrant l'ivoire de ses dents blanches :

— Désolée, on ne vous a peut-être pas prévenu, j'ai pris le relais de ma tante…

Je ressens de nouveau ce bien-être singulier éprouvé aux côtés du Nazaréen. Marieke… Non, vous n'êtes pourtant pas un ange désincarné descendu d'un paradis inventé, mais vous êtes bien plus qu'un alibi, une réconciliation possible.

Elle salue mon avocat, demande des nouvelles de ma santé. Je vais beaucoup mieux. Nous nous installons à la table de la cuisine. Je reste silencieux. Ils devisent ensemble et je comprends qu'ils se connaissent. Marieke relate son interrogatoire par les gendarmes, les questions du juge, les pièces à produire pour prouver ses déclarations : la gaze de son panier à provisions, son ticket de train. De temps à autre, ils me jettent un œil amical qui signifie *vous êtes innocent.*

Innocent, moi ! Je m'esclafferais si j'en avais l'énergie. Innocent ? Moi qui aurais aisément chargé une sentinelle d'Auschwitz pour le déchirer avec les dents et l'enfourner avec une rage fervente dans son propre four. Innocent ? Moi qui aurais piloté avec joie un B 52 et largué le feu au-dessus de Berlin. Innocent ? Moi qui rêvais de charger les orgues de Staline avec les camarades et de pendre au crochet du boucher les assassins de Paul en riant de mon pacifisme révolu ! Innocent ? Moi ? Je me prends à sourire, les yeux emplis de l'énergie bienveillante que je puise dans le regard azuréen de Marieke, si loin de mes turpitudes.

Mais une autre question me tracasse :

— Dites-moi, Marieke.

Elle m'adresse un sourire solaire :

— Oui, monsieur Georges !

— Vous ai-je dit pourquoi je voulais aller à l'église ?

Elle secoue la tête :

— Non. J'étais si pressée. Nous n'avons pas discuté.

— Autre chose Marieke : mais je suppose que la question vous a été posée. Vous êtes passée ensuite au Kleindorp. Vous avez vu quelque chose ou quelqu'un ?

Elle secoue la tête.

— J'ai entendu des coups de feu.

Maître Declerck hausse les sourcils d'un air complice. La jeune femme nous sert du café puis disparaît à l'étage. J'écoute les menus bruits de son ménage, tandis que mon avocat évoque en chuchotant la disparition de Paul.

Marieke redescend et prend congé, m'offrant la caresse de sa main. Il ne reste dans la pièce chaude qu'une fraîcheur résiduelle et la persistance rétinienne d'un certain sourire. Mon brillant conseil revient sur la mort de Marcelle :

— Drôle d'affaire, oui : crime impossible, faux suspects… Je pense que tout le monde s'est trompé de mobile, monsieur Courcelles. Le juge a raison : on ne tue pas les gens sous prétexte qu'ils se sont enrichis, on n'abat pas les fermières pour des histoires de loyer.

— Il n'y a rien de rationnel dans tout ça.

L'avocat secoue la tête :

— Vous avez tort ! Le coupable savait ce qu'il faisait !

Il grignote un sucre :

— Pendant votre détention, j'ai rencontré la moitié du village, je crois. Certaines langues se sont déliées, sans doute parce que je ne porte pas de képi…

Mon conseil sourit d'un air satisfait avant de poursuivre :

— Peu croyaient en votre culpabilité. En fait, petit à petit, j'ai compris que l'assassinat de Marcelle avait des racines beaucoup plus anciennes. L'Occupation, bien sûr… Pendant que vous surviviez en Pologne, il se passait ici aussi de drôles de choses…

Declerck s'interrompt comme s'il en avait trop dit ; il semble partagé entre le devoir de réserve et la tentation de la révélation. Je l'encourage :

— Poursuivez maître.

Il secoue la tête :

— Ce n'était pas mon rôle. Je travaillais pour vous, la vérité n'était qu'un problème accessoire. Mais, réfléchissez :

deux déportations, vous et Paul ; Jean, un Résistant dénoncé, puis cette propriétaire abattue par une arme allemande… Ce n'est pas mal pour un modeste village ! Je me suis dit : et si tout était lié, hein ?

Derrière leurs carreaux ronds, ses yeux brillaient.

— Jean ? Paul ? Marcelle ? Moi ? Quel rapport ?

L'avocat cherche ses mots :

— J'ai eu une petite conversation avec votre ancien élève et ami Jean après la nouvelle de la mort de Paul. Ils étaient compagnons de résistance, bien sûr, vous le savez. Les pauvres n'en seraient pas là…

Il se passe la main sur ses joues imberbes. Son hésitation m'alarme.

— Poursuivez, répété-je.

— Il se trouve que d'autres connaissaient leur rôle.

— Que voulez-vous dire, maître ?

— Marcelle Richart venait en personne chercher son loyer chez Jean. Un jour, à l'improviste, il se trouve qu'elle a surpris une réunion clandestine.

— Que faisaient-ils ? demandé-je mal à l'aise.

Mon cœur rate un battement. J'ai froid soudainement.

— Ce qu'ils faisaient ? souffle l'avocat. Vos amis se répartissaient l'arsenal prélevé dans le train allemand qu'ils venaient de saboter…

Mon estomac se contracte. Malgré la chaleur irradiée par la cuisinière, mes mains se mettent à trembler. Marcelle a surpris les Résistants devant leur butin de guerre. Alors…

L'angoisse m'étreint :

— Maître, qu'avez-vous dit à Jean ?

L'homme de loi me dévisage. Il tente de me rassurer :

— Très peu de choses. Le minimum, je vous le certifie. Je lui ai juste rapporté une conversation avec Albert Richart. Cet homme est vraiment terrorisé depuis l'assassinat de sa femme : il craint aussi pour sa vie. J'ai tenté de convaincre Jean que les Richart ne l'avaient pas dénoncé : ils sont beaucoup trop compromis dans le marché noir, et n'ont eu aucun contact avec les Allemands. Robert et Marcelle ne font pas de politique, ce n'est pas bon pour les affaires.

— Mais vous venez de m'expliquer que Marcelle avait surpris les résistants.

Je me dresse et saisis le bras de l'avocat :

— Maître, qu'avez-vous dit à Jean ?

Il pâlit, cherche à se dégager :

— Peu de choses. Je voulais le convaincre que Marcelle était innocente et ne l'avait pas dénoncé. Je crois qu'elle a été abattue par erreur. Calmez-vous, monsieur Courcelles !

Et sur la défensive :

— C'était mon devoir, monsieur Courcelles ! Il faut empêcher qu'Albert ne connaisse le même sort.

Je le tire par la manche :

— Conduisez-moi au Kleindorp, maître. Immédiatement.

Que valent les discours moralisateurs débités par les défenseurs d'une singularité maléfique, imaginant le mal simplement tapi dans les nids infectieux, génération spontanée de la distraction divine ? Le mal qu'ils affirment re-

flète l'expression d'une idéologie dominante. À l'heure où le pays vainqueur se pose en défenseur de la paix mondiale tout en empilant ses stocks d'uranium, à l'heure où, sur la terre de Pologne, les libérateurs bolcheviks recouvrent la peste brune de leurs ukases rouges, à l'heure où un pauvre mutilé de guerre croupit dans les mouroirs du gouvernement, rien n'est résolu. Maintenant, je sais : le mal est en nous, chevillé à notre éphémère et notre fragilité de vitrail façonnée par les ères. Il est facile, comme une pierre lancée dans une rosace d'église, par jeu, par haine, par goût du pouvoir, par maladresse, par adresse… Toutes ces mauvaises raisons de détruire auxquelles obéissent les enfants pour se prouver leur existence et leur puissance. Il est intense, lancinant, strident comme l'appel d'une vie menacée, réalisant la fuite de son avenir.

Le mal provoqué n'est que l'illusion de la puissance, quand le cri des autres couvre notre angoisse du temps qui nous ronge. Il rôde, dans ce non-dit de la menace, caché à l'autorité qui ne le partage pas. Le mal banalisé… Oui, parfois, il fleurit comme une pandémie au vent de l'impunité qui déculpabilise, du pouvoir qui s'enivre de haine pour une victime couinant comme un porc sacrifié en vue des banquets incertains de notre avenir obscur, jusqu'à l'ultime repas de ces spectres portant le masque de notre propre visage.

Bien, nom masculin : éclipse occasionnelle du mal radical.

Voilà ma réponse, pauvres sœurs, n'en déplaise à Spinoza et aux dictionnaires… Nadia et Sofia, je vous quitte une seconde fois. J'ai respecté ma promesse. Je referme le livre du mal sur ce succès dérisoire. Je pense à vous.

18

La Mona 4 démarre en trombe et se dirige vers le Kleindorp sur une route détrempée par une averse récente. Je ne quitte pas l'horizon des yeux. Jean, qu'as-tu fait ? La voiture stationne au beau milieu d'une flaque en projetant une gerbe de boue. L'avocat en descend mais je ne parviens pas à m'extraire du siège. L'avocat m'ouvre la portière et me tend une main que j'agrippe. À cet instant précis, éclate une détonation. Je ne sursaute même pas. Nous nous figeons la main dans la main. Sans comprendre, j'entends les claquements d'ailes de pigeons apeurés. Nous nous regardons pendant d'interminables secondes martelées par l'écho de ce tonnerre sec. L'avocat me lâche et traverse le jardinet au pas de course.

— Restez ici, monsieur Courcelles ! Je reviens…

Je comprends alors qu'il s'agissait d'un coup de feu et m'accroche en vain pour sortir de la voiture. Mon estomac m'emplit la bouche. Je vomis dans l'eau boueuse. *La guerre n'est pas finie…* Le Kleindorp se met graviter comme une toupie emportée par le vol des oiseaux effrayés. *La guerre n'est pas finie…* Les pigeons se sont posés. La campagne retrouve sa quiétude. Il ne s'est rien passé. Rien… Je parviens à retrouver ma respiration. *Vous pouvez le faire…* Je me redresse et rejoins Declercq dans la maison.

Une odeur piquante de poudre me saute aux narines. L'avocat est immobile au milieu de la salle. Le contour rebondi de son long manteau me masque la fenêtre. Derrière lui, je distingue les roues chromées de la voiture d'infirme. Je n'ose m'approcher. Je fixe stupidement le bas maculé de boue du pantalon de l'avocat. Je voudrais crier, mais c'est un croassement qui me sort de la gorge :

— Jean !

L'homme de loi se tourne vers moi, le visage hagard. Il retire ses lunettes et je découvre dans son regard dilaté l'abominable réalité. Le visage de Jean est tourné vers le plafond. Ses cheveux gouttent d'un liquide sombre et épais. Un pistolet oscille encore au bout de son bras inerte.

Je rends encore un peu de bile sans m'évanouir, cette fois : la colère sourde qui me monte du ventre me maintient debout. Je détourne les yeux du cadavre de mon ami et, sans m'occuper de l'avocat prostré, j'examine la pièce. Le désordre est indescriptible : un capharnaüm de bouteilles, de livres retournés, de vaisselle sale. Sur la table, un gros ouvrage est grand ouvert, ses pages grossièrement découpées dessinent l'emplacement d'une arme de poing. Je le referme d'un coup sec : *L'Éthique…* Son livre de chevet. La réponse au mal est-elle dans les livres ? La rage enfle. Autour des étagères, quelques ouvrages traînent aussi. Je les prends d'une main trempée de larmes : Nietzsche, Rousseau, Kant… pages déchirées, évidées par un couteau malhabile. Tous évidés d'un vague rectangle, tous garnis d'une boîte de balles 9 mm allemandes… Elles m'échappent des mains et les balles roulent sur le carrelage. Nous n'avons toujours pas prononcé un mot. Le visage livide, maître Declercq chancelle et s'effondre sur une chaise rempaillée. Je retiens les insultes qui me montent à la gorge.

Je ramasse des papiers épars autour du cadavre et me mets à en déchiffrer l'écriture confuse, illisible par endroits.

Hervé,

C'est moi qui ai tué La Richarde. J'aurais.... Albert si j'en avais eu le temps.

Collaborateurs... Je ne sais pas... innocents ? Personne.... Les légions de.... Qui font leurs affaires minables... planète embrasée... cinquante millions de morts...

Déjà puni...

Jean.

Je la relis à plusieurs reprises, tentant de comprendre les pénibles griffonnages. Puis, résistant à l'envie de mettre en charpie l'infâme bout de cahier, je continue le funeste décryptage. La deuxième page m'est destinée. L'écriture est à peine plus posée ; le style, un peu plus lucide.

Monsieur Georges,

Quand vous trouverez cette..., je serai là où les Allemands ont voulu me.... Convaincu de devoir consacrer à la vengeance ce sursis accordé par la..., j'ai continué à...

J'ai un problème de probabilités à vous.... Je ne suis pas... pour les mathématiques.

Si une balle a une chance sur mille de toucher sa…, quelle chance a-t-on de l’…… en vidant son chargeur matin et soir pendant un an ? Un sacré problème de math, hein, m’sieur Georges ?

Vous trouverez la…. vous qui m’avez annoncé que j’avais réussi… Après Marcelle ………….. Albert… c’est la deuxième… du problème…

Pardon… si j’ai….. une erreur. Pardon aussi à vous. Après Albert, je me serai dénoncé…

Jean

La réalité pénètre mon cerveau gélifié.

Je me tourne vers l’avocat :

— Vous saviez, n’est-ce pas ? Vous saviez et vous n’avez rien fait !

Il ne paraît pas m’entendre. Je crie :

— Répondez ! Vous saviez comment Jean a tué *La Richarde…*

Maître Declerck bredouille enfin :

— Je n’ai fait que mon travail… La balle n’est pas ressortie du crâne ; elle a été tirée de très loin…

De très loin… L’image des crânes éclatés à bout portant… Le trou noir dans le fichu de *La Richarde.*

— Jean tirait tous les jours sur la grange, vous le saviez… articulé-je. Et vous avez fait quoi ? Juste l’informer qu’il se trompait de coupable ?

— Je voulais l’empêcher de continuer ! proteste l’avocat d’une voix morne.

Je lui tourne ostensiblement le dos. La page suivante est maculée de gouttes bleuâtres d'encre dissoute. Je lis à voix basse en butant sur l'écriture disloquée de ce troisième message.

Monsieur l'instituteur,

Je refuse… les conclusions de votre dernière lettre. … la vie comme état de malheur radical. … votre philosophie ! Vous expliquez le mal intrinsèque par l'éphémère, la fragilité de nos… et de nos existences. Non ! Que faites-vous du mal moral ? Pourquoi pardonnez-vous à ceux qui l'utilisent, qui se moquent de la souffrance des autres pour …r une diversion à leurs… angoisses ? À vous lire, tous les hommes seraient ………….. Mais il y a les perfides, les …….., les sadiques… ?

Tandis que vous brûliez les livres, je les ………. de munitions.

Adieu, monsieur Georges, ou plutôt à jamais.

Jean

Nous sommes assis à la table encombrée de bouteilles vides de pain liquide, aussi silencieux, aussi décomposés que le pauvre garçon effondré sur sa chaise.

Les images se succèdent dans ma tête en ébullition. Jean à sa fenêtre, combattant infirme, luttant encore, dopé par sa révolte, faisant feu dans la campagne déserte, matin et soir, au petit malheur, en direction du porche rectangulaire de ses propriétaires. Je revois son visage surpris à l'annonce du meurtre. A-t-il cru vraiment en ses chances de la tuer ?

Était-ce juste une thérapie à sa haine ? Quelle était la probabilité à cette distance de toucher une cible mouvante et invisible ? Infime… Un crime presque impossible. Mais renouvelé sans cesse… Je pense aussi à Marcelle, serrée dans son fichu, prenant chaque jour rendez-vous avec ses vaches et son destin de femme haïe, leur donnant des ballots de paille farcis de balles perdues. Sa surdité au monde l'a condamnée. Je me revois, moi, dans le fossé, ce matin-là, terrorisé par la fusillade ? C'était donc Jean !

Je me dresse devant mon avocat en m'essuyant les yeux.

— Qui a dénoncé les FTP ? lui demandé-je froidement. Vous êtes allé trop loin, maître. Il faut dire la vérité.

Declerck me répond d'une voix blanche :

— Je ne comprends pas, bafouille-t-il. Pourquoi a-t-il fait ça ? Pourquoi à notre arrivée ? Qu'ai-je fait ?

— Oh ! Vous ne comprenez rien, articulé-je. C'était un homme désespéré qui ne vivait que pour sa vengeance. Il savait que je voudrais le sauver… Quand il nous a vus…

Je lui agrippe le bras. Il ne se défend plus.

— Qui a dénoncé les résistants, maître ? répété-je.

Il s'attend à un coup. Sa tête a un mouvement de recul.

— Les Quaeghebeur… souffle-t-il. Tout le monde au village sait qu'Yvonne et son mari collaboraient.

Je relâche l'avocat et vide méthodiquement les livres de leurs munitions.

— Que faites-vous, monsieur Courcelles ? s'inquiète Declercq.

Sans lui répondre, je retire avec délicatesse le pistolet de la main de Jean : un Walter P.38 identique à celui qu'il m'avait donné. À ce souvenir, l'acide me monte aux yeux. Je replace l'arme dans sa cachette au creux de *L'Éthique* et prends le livre sous le bras. Je contourne l'avocat statufié et sors sans un regard. En traversant le jardin, j'entends sa voix méconnaissable : « Monsieur Courcelles ! Qu'allez-vous faire ? Expliquons-nous ! » Je serre le livre contre ma poitrine et accélère le pas.

L'horizon est vide. Au loin, les silhouettes géométriques de la ferme Richart et de la masure d'Émilienne se dessinent sur le ciel dégagé par le vent. Des pigeons picorent sur le chemin. Ils s'envolent à mon passage. Comment ne pas comprendre leur peur des hommes ?

19

Il doit être midi, mais le soleil est occulté par un plafond de nuages lumineux. Je sais que l'avocat risque de donner l'alerte et je me hâte. Le corps arcbouté, je fixe le sol pour ne pas chuter. Le village apparaît au détour d'un virage. Les tuiles humides brillent au jour. Quelques poules picoraient dans le fossé. J'entends des grincements de grilles et des bruits de seaux : le village est au travail. Au loin, un tracteur rebondit en pétaradant sur les cahots du chemin. Le carillon de l'église égraine ses douze coups lancinants : midi, l'heure du crime… Tout semble si tranquille. Je sais comme la quiétude est trompeuse.

Dans un recoin de l'église, je sors le P.38 du livre et remplis d'un doigt tremblant le chargeur de huit balles rutilantes. La froideur de l'arme suscite de sombres sensations de puissance : celles conférées par les dieux de la mort et qui titillent le ventre, siège de toutes les passions.

En pénétrant chez les Quaeghebeur, je provoque une onde d'agitation parmi la basse-cour. Une cane cancane, une oie me tance le cou tendu et le bec agressif. Au fond de sa niche, le chien borgne grogne. Dans la pénombre de l'étable, je distingue les taches claires de quelques cochons. Je suis déjà essoufflé. Je monte laborieusement les marches et entre sans frapper dans l'habitation.

Elle sursaute. Les accroche-cœurs ne sont plus qu'un mauvais souvenir. Seule, les bouclettes en bataille, Yvonne se tient devant sa cuisinière, remuant un ragoût dans une marmite bouillonnant à l'aide d'une longue cuillère de bois. De la main gauche, elle grignote une tranche de *koekebroot*[28]. Nous nous dévisageons un instant puis je m'installe à la table encombrée de bocaux de cornichons, de jambon amputé aux trois quarts, de mottes de potjevleesch sur des assiettes décorées de coquelicots, d'épaisses tranches de pain ovales devant un grand bol fumant de café au lait. Je reprends mon souffle. Pourquoi me faut-il toujours subir le spectacle de ses ripailles ? Je pressens les roulis de la nausée.

Son expression étonnée se dissipe très vite, et déjà un sourire adipeux lui fend le visage. Elle s'exclame tout en mâchonnant, la voix maîtrisée de contralto, avec ce mélange de convivialité épaisse et de dureté palpable :

— Tiens, m'sieur Georges… C'est rare de vous voir à c't heure, uh ?

— Je suis sorti de prison, annoncé-je d'un ton naturel, comme si cette libération justifiait ma visite.

Elle détourne les yeux et s'assoit devant moi sans rien manifester :

— Du café ? Du lait ? Une tartine ? Du pâté ? Vous avez déjeuné ?

---

[28] Pain gâteau.

La surprise passée, la mairesse retrouve son rôle de mère nourricière.

— Non ! Pas de café aujourd'hui ; je n'ai pas faim… Je viens juste vous tuer.

Je réussis pour la première fois à clore la bouche d'Yvonne : elle ne réplique pas et cesse de mastiquer. Ses yeux s'agrandissent.

J'ouvre *L'Éthique* et sors le Walther. Les pupilles de mon interlocutrice s'écarquillent encore et ses joues frémissent comme la gelée de ses terrines ; ses lèvres huileuses dessinent un O muet et luisant de graisse. Son visage ressemble maintenant à ces têtes à Toto, visages ronds sans relief dessinés à la craie par les écoliers.

— Mais… m'sieur Georges… Vous… Vous êtes devenu fou ? balbutie-t-elle enfin.

J'opine : bien sûr, Yvonne, au village tout le monde sait que je suis fou.

Chhhhh… Mon premier coup de feu est pour la marmite émaillée qui mijote sur la cuisinière. Le bruit de la détonation emplit la pièce en rebondissant sur les faïences des murs. Les échos de la déflagration me blessent les tympans. Dehors, le vieux cerbère aboie. La mousse s'échappe sur la plaque dans un sifflement striduleux de locomotive. Mieux qu'un long discours… De rouge, le teint d'Yvonne vire au blême. Je la fixe pour qu'elle ne voie pas s'éroder ma détermination.

— Vous qui en êtes si friande, j'ai une nouvelle fraîche : Jean s'est donné la mort.

— Jean, bredouille-t-elle. Comment ?

— Comment ? Alors, c'est tout simple : vous voyez cet automatique allemand. Il a déjà servi deux fois. Devinez-vous qui est la troisième cible ?

En proie à une furieuse compulsion de mort, impatient de l'explosion de son visage adipeux, je dirige l'arme vers elle. Des auréoles s'agrandissent sous ses aisselles comme une motte de beurre suintant dans la poêle. Le deuxième coup part, fracasse le bol de café et éclabousse de liquide brun son masque décomposé. Cédant à la sensation de domination du braconnier devant sa proie, je tire une troisième balle et la motte de *potjevleesch* s'ouvre en deux comme un cadavre montre ses viscères. Les morceaux de viande se répandent doucement sur la couronne de coquelicots.

Mon psychisme se décompose à chaque détonation. Je décide de ne plus tirer. Je joins les mains pour endiguer le tremblement du pistolet et lève lentement l'arme vers la tête de la matrone statufiée.

Je reprends après un silence :

— Je connais, madame Yvonne… J'ai déjà eu un pistolet pointé sur le crâne, voyez-vous. J'ai même vu des dizaines de gens mourir ainsi, la cervelle éclatée : la balle traverse la tête et ressort toujours dans une giclée de viscère. Mais, vous savez comme la mort tache : regardez les cochons...

Hypnotisée, Yvonne ne quitte pas le canon des yeux. Ma main blanchit sur la crosse.

— Presque toujours, car il arrive qu'elle ne gicle pas, rectifié-je sur le ton de la conversation. Mais quelle importance, nous sommes tous pareils, vous savez… si peu de choses, vous ne croyez pas ?

Yvonne ne répond pas mais son regard sur notre impermanence est significatif.

— Peu de choses… continué-je. Finalement, tuer n'est pas si grave. Une simple anticipation, puisque nous ne sommes pas immortels, non ? Ce n'est pas comme ceux qui ont tué Dieu. Le déicide, voilà le vrai crime, uh ?

— Vous… vous êtes fou ! répète-t-elle.

Son expression est méconnaissable. Encadrant sa figure lippue, ses joues grasses tombent comme deux ventres flasques sur son cou d'hippopotame. J'acquiesce :

— Ne vous fatiguez pas, je le sais. Vous devriez plutôt me demander pourquoi c'est fini pour vous.

Les oscillations de l'arme à feu deviennent incontrôlables. La grosse femme se liquéfie.

— Vous avez perdu votre langue légendaire, madame Yvonne. Elle fonctionnait si bien, pourtant ! Dommage que vous ratiez cette dernière occasion de vous expliquer. Il n'y en aura pas d'autres. À moins que vous ne préfériez me parler en allemand ? Je connais bien la langue, vous savez… Allez-y, vous pouvez, je n'ai pas beaucoup de temps. *Ich bin eine Schweisse !* Répétez !

Je ferme un œil pour mieux ajuster mon tir. Elle s'agenouille et les larmes coulent sur ses joues d'écolière obèse. Elle me supplie :

— M'sieur Georges… M'sieur Georges… Qu'est-ce que vous faites ? Ce n'est pas de notre faute, uh : pour les camps, on ne savait pas…

À cet instant, mon arme vise exactement les bouclettes au milieu de son front. Je l'encourage à achever sa phrase :

— Vous ne saviez pas quoi ?

— Non. Nous ne savions pas… pour les camps…

Ses pleurs redoublent et les larmes s'écoulent par les plis de son menton avant de disparaître dans l'immensité de son corsage.

— Nous devions obéir… Nous étions obligés.

Elle se tord les doigts boudinés où ses bagues disparaissent dans les replis. Sur le feu, la marmite trouée jette des chuintements d'agonie. Elle hoquette :

— Les Allemands avaient exigé des maires qu'ils leur fournissent les noms des sympathisants communistes. Je vous jure, m'sieur Georges, nous ne pouvions pas faire autrement ! On ne savait pas qu'ils vous emmèneraient dans ces camps de travail…

Sa bouche se déforme et son double menton vibre. Une truie de sa porcherie exprime plus d'humanité.

— D'extermination, madame Yvonne, rectifié-je.

Mon ventre se révolte et mes mains se crispent. Je repose le pistolet qui vibre de plus belle. Les yeux d'Yvonne vont éclater dans leur orbite. Mais je ne vaux pas mieux qu'elle : la nausée m'envahit la poitrine, ma rage se dégonfle comme une baudruche percée et, dans ce haut-le-cœur, je me retiens de vomir sur le carrelage. Mes yeux s'emplissent de larmes.

Je suffoque dans cette cuisine oppressante : le mal est palpable, je le hume flottant dans l'atmosphère de cette ferme imprégnée de l'odeur douceâtre de viande mijotée. Il faut en finir vite avant que je ne m'écroule. J'inspire profondément, décolle mes mains moites de l'arme, puis murmure :

— Et Jean ? Et Paul ? Et les autres F.T.P. ? Vous étiez obligée de les dénoncer aussi ?

Je baisse légèrement le pistolet vers sa poitrine. Dans un brouillard, je distingue ses seins énormes en me demandant si la balle traverserait toute cette masse de chair. Puis je relève le canon. Yvonne croit alors voir la mort se dresser devant elle. Elle tombe à genoux de sa chaise en hoquetant :

— On avait peur… Marcelle nous avait parlé des armes de Jean. On savait que dans les villages où les Allemands prenaient les résistants, ils fusillaient aussi le maire en représailles… Alors, on était obligés…

L'insoutenable spectacle de sa décomposition attise ma nausée. Tous ces gens obligés, l'indécence de ces pleurnichements qui s'apitoient. *On avait peur*, la pire des excuses. La peur fait marcher ces foules de pleutres au pas de l'oie.

Je repose l'arme :

— J'ai envie, tellement envie de vider le reste de ce chargeur sur vous, madame Yvonne. Mais ça ne rendra pas Paul à Augustine, ni ses jambes à Jean, il n'en a plus besoin, le pauvre ! Vous tuer ne me rendra pas mes trois ans. Je me contenterai du spectacle de ces terrines qui vous étouffent !

Je me lève. C'est le temps qui commet le crime parfait : l'implacable écho de nos vengeances… La table est jonchée des morceaux de faïence sale de son déjeuner explosé ; *L'Éthique* est souillé de nourriture. Le visage d'Yvonne n'est plus qu'une éponge rosâtre et flasque, marbrée de café et de larmes. Je lui tourne le dos, pressé d'en finir avec l'obscénité de cette énorme pietà à genoux et de ses reniflements écœurants à devenir assassin.

Un ultime regard sur cette masse inerte et je m'offre quelques dernières bouffées de haine en souvenir de Paul, Jean et tous les autres… Je range le Walther dans ma poche en ajoutant :

— Madame Yvonne, je vous laisse à votre repas. Je sais que le mal ne guérit pas le mal, mais, commettez encore une seule de vos infamies et vous en trouverez sûrement pour tenir un tout autre discours que le mien.

Je désigne le livre de Jean et termine ma diatribe entre les dents :

— Je vous laisse le souvenir d'un garçon trahi. Mais votre mort serait aussi inutile que votre vie ! Vous ne valez pas un seul de vos porcs ! Adieu, madame Yvonne. Je ne vomirai plus jamais dans votre cuisine car je n'y viendrai plus.

Je sors de la pièce sans refermer la porte. Le parfum lourd de paille humide de la cour m'écœure. *Le bien, une comparaison ?* Je me demande avec dégoût si Yvonne allait m'aimer de lui laisser la vie sauve. Cette pensée navrante me donne envie de courir dans sa cuisine pour lui exploser la cervelle. Mais toute énergie m'abandonne.

Je quitte la ferme Quaeghebeur le pas alourdi par la glaise.

20

Les jours se suivent et ne ressemblent à rien. La guerre a choisi Neu-Cappel pour tirer ses dernières cartouches. Le village bruisse et les commères chuchotent.

Le lieutenant Secourt est réapparu pour finir ce qu'il avait si mal commencé. Ses aveux authentifiés, Jean fut reconnu coupable d'homicide sur la personne de Marcelle. Plus que jamais, les rôles de coupable et de victime semblent inextricables. C'est un bien curieux crime, aggravé d'une préméditation extrême. Jamais les annales judiciaires n'ont répertorié une telle récidive quotidienne : une propriétaire inconsciente d'être la cible chaque matin de son locataire. (Il s'est avéré que Jean avait aménagé tout un arsenal dans sa maisonnette du Kleindorp : bien qu'éloigné de l'habitation des Richart, le poste de tir était idéal. Qu'importe puisqu'il disposait d'une réserve illimitées de munitions pour le Walter de son *Éthique*.)

Si Jean s'est soustrait à la justice des hommes, les Quaeghebeur n'échappent pas au Tribunal d'exception. Ils répondront de leurs sympathies envers l'Occupant et de dénonciations criminelles. C'est ainsi, les compétences de la justice humaine s'arrêtent au trépas de ses prévenus. Confiance aux verdicts divins ? Ou pragmatisme de fonctionnaires ? Je ne sais. Le lieutenant a le bon goût de ne pas m'interroger. Maître Declerck joue les intermédiaires : aujourd'hui, je lui rends le Walther.

Les funérailles de Jean. Le village se rassemble dans l'église vibrante des accents de l'harmonium d'Augustine ; les hommes d'un côté, les femmes de l'autre, partition en deuil face au cercueil de sapin clair. Je vois le Christ. Je regarde Marieke. Mais la consolation ne vient pas. Jean subit une ultime épreuve : endurer le sermon plein d'espoir d'un curé habité avant de rejoindre au fond du cimetière, sa victime honnie à quelques allées de lui. Je n'ai pas la force de l'accompagner.

Puis, le village retrouve son calme laborieux, comme une maison en deuil, pleine de remords, de regrets, de toutes ces pensées qui nous martyrisent et que nous dissimulons comme une tumeur douloureuse derrière un sourire incertain.

L'abattement prend maintenant le pas sur la colère. Je m'y abandonne dans la solitude. Je refuse toute visite, éconduisant Hervé, maître Declerck et tous les autres avec leurs mots inutiles.

Augustine ne se remet pas de la disparition de son Paul. Quand elle le peut, Marieke me prodigue ses services attentifs, légers, sans questions. Ses week-ends au village, cette créature décidément inaccessible aux démons de l'Univers entretient ma maisonnette, rangeant, frottant, récurant : besognes essentielles et salutaires. Assis devant un livre que je ne lis pas, j'écoute ses bruits rassurants, je suis par la pensée ses évolutions discrètes, ses gestes efficaces et précis. A-t-elle conscience de soulager aussi le chaos de mon âme ?

L'été s'installe et, au fil des semaines, sous un ciel plus clément, je parviens à prolonger mes promenades quotidiennes. J'évite l'église et me garde bien de pousser jusqu'au Kleindorp : mes blessures ne cicatrisent pas…

Je retarde ma visite au cimetière. Je trouve toujours une raison : je me dis que les morts n'ont pas d'agenda, je me demande ce que signifient pour ses locataires les visites qui ne rassurent que les vivants…

La soirée est douce et annonce un beau week-end. Bientôt la rentrée et son lot de résolutions. Je prends ma décision. Je cueille dans mon jardin quelques fleurs en boutons : des gaillardes jaunes et orangées et des marguerites. J'emporte la plaque de marbre anthracite que j'ai acquise quelques semaines auparavant, et sors.

Le soleil sanguin décline. L'ombre de l'église enveloppe les tombes. Frontière entre vivants et morts, le mur d'enceinte entoure les allées désertes quadrillant les concessions de sépultures disparates, tombes plates, statues recueillies, monuments funéraires dispendieux, stèles prétentieuses : les défunts aussi ont leur rang. Jean se trouve sous une triste dalle de ciment. Quelques bouquets défraîchis, une plaque des Compagnons de la Libération où je lis l'épitaphe : Sacrifice, Devoir et Courage… Je couche maladroitement mon bouquet à même la tombe sous le regard du calvaire qui domine le cimetière. Je me détourne vers le ciel lilas en offrant à mon ami ce crépuscule naissant. Je soliloque à voix basse dans la brise vespérale :

« Jean, il n'est peut-être pas trop tard pour te dire mon histoire... Quand j'étais infirmier au Bloc 10, comme je te l'ai confié, le docteur Mengele commandait les services médicaux du camp. Il avait une prédilection pour les jumeaux. Il les collectionnait avec fanatisme. La raison de cette passion est scientifique : les cobayes jumeaux évitent les problèmes liés à l'inné ; alors, les SS du camp les ramassaient par centaines lors des sélections. Dès que je les ai vues, elles m'ont bouleversé. C'étaient des enfants. Elles avaient seize ans et en paraissaient quatorze : des minois à jouer à la poupée, des corps à sauter à la corde... »

Je m'arrête en ravalant la boule qui me monte à la gorge, puis incline les yeux sur le ciment. Je tousse et reprends :

« Chaque jour, au fil des expériences, je les ai vus s'étioler, leurs corps se boursoufler, leurs peaux se flétrir... Même leurs mains vieillissaient chaque jour, comme si toutes ces toxines qu'elles absorbaient avaient détraqué leur horloge. »

Il me semble alors que le vent me souffle une question.

« Mais que pouvais-je faire d'autre, dis-moi ? Leur donner mon bol de soupe, trouver quelque méchant oreiller pour leur lit de bois, leur faire sauter une expérimentation ou deux en mentant au docteur Clauberg n'importe quoi ? Seulement voilà, moi aussi, je m'affaiblissais... Alors, j'ai eu cette idée intolérable que j'allais mourir avant elles. »

Les larmes coulent et noient les inscriptions.

« C'était devenu obsessionnel. Je ne dormais plus. Par une nuit glaciale, j'ai pénétré au Bloc 10. Je suis entré dans leur cellule. Je les vois encore allongées sur leurs paillasses dans leur robe de coton. Leurs souffles ressemblaient à des râles, leur sommeil, à une agonie… J'ai saisi un oreiller et sans bruit je me suis approché d'elles. J'ai commencé par Nadia qui avait le sommeil le plus léger, puis Sofia, la plus épuisée des deux… »

Désormais, mes mots extirpés me viennent du fond du ventre comme d'un diable ventriloque :

« Je voulais te dire, Jean… Je les ai tuées… Je les ai étouffées l'une après l'autre… Purement et simplement, pour leur éviter une nouvelle piqûre de phénol, pour ne plus voir les pustules de leur visage, leurs membres se tordre à se casser, ne plus craindre d'entendre leurs sanglots assourdissants. Mais surtout… surtout, pour ne plus avoir à répondre à leur regard… Oh, elles se sont à peine débattues. Pourtant j'ai appuyé, appuyé, longtemps, une éternité… J'ai appuyé en trouvant une énergie oubliée. J'ai appuyé sans cesser de les consoler chacune de mots incohérents, comme on achève un petit animal blessé, en répétant sans cesse : *tu ne souffriras plus, tu ne souffriras plus, tu ne…* Je me suis alors évanoui. »

J'entends un bruit dans le cimetière, hume un parfum de fleurs fraîches. Je baisse la voix sans me retourner :

« Trois semaines plus tard, les troupes russes libéraient le camp. J'ai survécu, je suis revenu. Elles sont restées là-bas. »

Les ombres démesurées s'allongent encore sur le cimetière et la pénombre triomphe. Les stratus se colorent de mauve. Mes jambes ne me portent plus. Je m'accroupis sur le gravier.

« Jean, nous sommes tous des assassins et celui qui se prétend innocent vit dans le monde de son indifférence. Cinquante millions de morts… et il ne reste que les coupables. »

Je tourne la tête en direction d'un bruit métallique. Au côté d'Augustine, Marieke s'active sur la tombe de Paul. Je suis saisi du désir de la rejoindre. Je me redresse et recule d'un pas. Ma révolte se dissout, flottant dans les cieux vides, mélange d'amour douloureux et de compassion intense, dépensant même un peu de pitié pour ces bourreaux inqualifiables pour avoir tourné le dos à l'unique sens de la vie qui survit encore sur les gravats des idéologies : le présent si fragile qu'il en devient presque beau, juste par comparaison.

« Ah, Jean ! Si seulement… Si seulement je pouvais croire un instant que ces petites sœurs tragiques ont trouvé un endroit où apaiser toutes leurs souffrances ! J'aimerais tant croire au paradis pour elles. Mais, non, je ne suis pas si fou ; il n'y a dans ce ciel enluminé que du vide…

« Mon fils, il n'y a qu'un moyen de terminer notre livre du Mal. Souffre ma conclusion : une solution temporaire, bien sûr, mais une réponse obligée : le bien n'est qu'une courte rémission, juste absence, comptée : comme le bonheur de Schopenhauer, une simple absence de malheur. Alors, acceptons-le ensemble. »

L'obscurité s'épaissit. Le glas de tout espoir me libère et, au lieu de m'écraser, la nuit naissante se dilate, élevant mon esprit comme un aérostat au-dessus du champ de toutes ces batailles qui en perdent leur fureur. Les cris s'évanouissent, les détonations se tamisent, les râles s'estompent, les couinements cessent, les aboiements se taisent… les interrogations de deux jeunes filles sacrifiées se diluent dans le temps et l'espace, trouvant la seule réponse dans l'oubli de leur question. L'oubli, oui, seule prescription possible aux crimes contre la vie qui porte en elle sa condamnation. L'oubli pour le pardon… *Vous pouvez le faire.* Puis-je vraiment me pardonner ? Je sors la plaque gravée de ma poche et la dépose lentement, bien droite, sur la chape de ciment brut comme un blockhaus. Les lettres d'or brillent aux feux tardifs du couchant.

L'eau ne stagne pas sur les monts,
Ni la vengeance sur un grand cœur.

Pour une fois, Jean, tu me laisses le dernier mot… Adieu, mon fils.

Je me sépare de la tombe, chaque pas m'éloigne d'un passé accablant ; la complainte du partisan disperse ses refrains à l'ombre des crucifix : *C'est nous qui brisons les barreaux des prisons pour nos frères.*

Quand je rejoins Augustine et Marieke, elles me sourient du regard. *J'ai prié,* leur avoué-je. Alors, accrochés les uns aux autres comme des naufragés, nous franchissons le portail du cimetière.

Au nord, un chien aboie.

À l'ouest, le jour s'éteint dans une lueur carmin.

À l'est, les étoiles s'allument une à une dans la nuit transparente, lumières falotes et incertaines comme l'amour et l'amitié parsemant le firmament noir au-dessus de cette planète tourmentée.

atria

Témoignages

Henri Darbes	*Les enfants de Chiris*
José Herbert	*L'instituteur impertinent*
	La messe bleue
Tony Willer	*Le bruit des bottes*
	Le bruit des bottes – la suite

Romans

Vincent Bartolone	*Gueule de bois et jambe de verre un masquelour à la mer*
Florence Boulanger	*La trilogie (Max - La tête dans les pieds – Renaissances)*
	La République de Socrate (théâtre)
Marie Burigat	*La vie en Rosalie*
	Fais ta valise, on s'casse !
Hélène Calvez	*Le diable dans la cuisine*
Amélie Debaye	*Sois belle et tais-toi… et surtout tais-toi !*
José Herbert	*Signé la grande faucheuse*
	Les chiens de Pavlov
Didier Hermand	*Embrasse les vivants pour moi*
	Pleure pas Noëlla
	Le secret de Marine
	Les lettres de Lou
	Âmes sœurs
	Une seconde chance
Guy Leclercq	*Le bonheur de Félix*
Patrick Lunant	*Les orangers du Palatin*
	Maman Zita
Max Mercier	*Sur la route des Frères Patison*
Manuel Tinoco Vilchez	*Marie des flots*
Henri Volpie	*Dans l'agenda du diable*

Les mondes d'atria

Science-Fiction

Jean-Michel Calvez	*IF 837*
Paul Renard	*La 10e Planète (tome 1) - Nubiru* *La 10e Planète (tome 2) – Am'Xo*
Daniel-Philippe de Sudres	*Les enfants de demain <ou l'étrange et très secret projet Hp-1>*
Manuel Tinoco Vilchez	*La petite marchande de photons*
Gilles Warembourg	*Le syndrome U.G.A. l'œil du calamar>* *L'Ellipse*

Fantasy

Valérie-Anne Henrard	*Agathine et les murmols*
Patrice Michel	*Les phénomènes de Corneghem (tome 1>L'esprit de la forêt)*
Noureddine Séoudi	*Sîn - Le dernier poète (tome 1)* *Sîn - Les gardiens de l'arbre (tome 2)* *Sîn - Le poème de lumière (tome 3)*

Achevé d'imprimer en janvier 2013
sur les presses de la Nouvelle Imprimerie Laballery
58500 Clamecy